AF140037

Guy Corner

Der Grüne Morgen

*Bibliografische Information der Deutschen National-
bibliothek:*
*Die Deutsche Nationalbibliothek verzeichnet diese
Publikation in der Deutschen Nationalbibliografie;
detaillierte bibliografische Daten sind im Internet
über http://dnb.dnb.de abrufbar.*

© 2014 Guy Corner

Umschlaggestaltung: Björn Rohwer
Satz: Björn Rohwer

Herstellung und Verlag: BoD – Books on Demand,
Norderstedt

ISBN: 978-3-7357-2180-8

- *Prolog* -

„Diese infame Schlamperei geht über meinen Verstand! Mein Maß ist mehr als gestrichen voll! Verstehen Sie DAS jedenfalls, Herr Polizeipräfekt!"

„Aber, Herr Minister, Sie müssen doch einsehen, alles …"

„Schweigen Sie in Herrgotts Namen, ich kann das nicht mehr hören!"

„Sie und Ihre Beamten haben alle Vorsichtsmaßnahmen getroffen, Ihren Augen kann theoretisch nichts entgehen. Und die Praxis!?!"

„Die Praxis, Herr Präfekt, spricht gegen Sie! Ja, sie macht nicht nur Sie, sondern jeden einzelnen Polizeibeamten in Italien und auch mich, den Innenminister, lächerlich bis auf die Knochen. In drei Wochen fünf Juwelendiebstähle in Ihrem Bezirk. Und nun zu allem Unglück auch noch der ‚Grüne Morgen', ein Millionenobjekt! Und Sie wagen noch zu behaupten, dass alles getan sei. Sie werden erlauben, wenn ich erkläre, dass nichts, aber auch gar nichts getan ist. Stehen Sie nicht vor mir, ohne etwas zu tun, jagen Sie lieber von Sizilien bis in die Dolomiten, aber finden Sie die Juwelen! Finden Sie die Juwelen. Sonst…" Krachend fiel die Tür ins Schloss, der Minister verließ den völlig zusammengebrochenen Polizeipräfekten und eilte seinem chromblitzenden Wagen zu, der vor dem Gebäude der Polizeipräfektur parkte. An den Straßenecken schrien die Zeitungsverkäufer die jüngsten Neuigkeiten den vorüberhastenden Passanten entgegen.

„Neue Schlappe der italienischen Polizei!"

„Fünfter Juwelendiebstahl bei den internationalen Opernfestspielen!"

„Millionendiebstahl. Vom Täter keine Spur!"

„Der ‚Grüne Morgen' von Unbekannten geraubt!"

- *Kapitel 1* -

Leise, ohne auch nur den geringsten Laut zu verursachen, bog er die Zweige einer kleinen verkrüppelten Birke auseinander, die die Sicht zur Lichtung hin versperrten. Es herrschte tiefster Friede im Grenzwald, und Josef Ambrunner liebte diese Stille. Dieses tiefe Schweigen und das unstillbare Jagdfieber waren auch die geheimnisvollen Mächte, die ihn immer wieder in den Wald hineintrieben. Er war kein Wilderer, wenn auch der Forstmeister es wohl kaum einsehen würde. Josef Ambrunner hatte den größten Hof in Hirsching, er hatte es nicht nötig, wie vielleicht die übrigen Hirschinger, das Wildern als Broterwerb oder Nebenverdienst zu betreiben. Er war ein waidgerechter Jäger.

So lag er heute wieder auf der Lauer um den kapitalen Bock, der seit einigen Wochen im Review stand, vor die Flinte zu bekommen. Es war schon dunkel im Grenzwald, Nebelschwaden hatten sich früh über den Wald gesenkt. Aber Josef Ambrunner konnte sich auf seine Sinne verlassen. Seine graublauen Augen, die sein altes, wettergebräuntes Gesicht immer noch jugendlich erscheinen ließen, schienen die dichten Nebelfelder gleichsam zu durchbohren und seine Ohren nahmen selbst die unbedeutendsten Geräusche wahr. Er kannte die Stimme des Waldes, galt es doch stets, besondere Vorsicht zu wahren, denn die deutsch-österreichische Grenze, die mitten durch den Waldstreifen führte, wurde regelmäßig von Grenzpatrouillen überwacht.

Kaum wahrnehmbar hob Josef Ambrunner plötzlich den Kopf, seine Sinne schienen nunmehr wie zum Zerreißen gespannt. Von der Grenze her hatte er ein leises Knacken im Unterholz gehört. Es war zwar jetzt außer dem üblichen Vogelgezwitscher nichts Verdächtiges mehr auszumachen, aber er war ganz sicher – gleich würde etwas geschehen. Noch wusste er nicht, ob der erwartete Bock oder eine unerwartete Grenzstreife erscheinen würde.

Da – jetzt hatte er es wieder deutlich gehört. Es konnte nicht der Bock sein, das war ihm bereits klar. Erstens wechselte er um diese Zeit gerade in entgegengesetzter Richtung und zweitens würde ein Tier niemals so laut durch das Unterholz brechen. Deutlich hörte er jetzt die Schritte. Seine Augen strichen über die Lichtung, und jetzt sah er auf dem anderen Ende der Lichtung – dort wo er eigentlich den kapitalen Bock erwartet hatte – wie sich die Zweige des Unterholzes bewegten. Er hörte Stimmen, deren Sinn er noch nicht verstehen konnte. Auch sehen konnte man nicht viel. Das schlechte Wetter, das den ganzen Tag geherrscht hatte, ließ die Sonne keinen Augenblick hervorlugen. Die Dämmerung war früh hereingebrochen.

„Halt! Bleiben Sie stehen! Bleiben Sie stehen! Wir schießen!" Unwillkürlich zog Josef Ambrunner seinen Kopf ein. Er wusste, dort lief einer um sein Leben, ein Gehetzter und vielleicht Ausgestoßener. Er lebte seit langen Jahren hier dicht an der Grenze und hatte schon mehr als einmal die Jagd auf einen Schmuggler miterlebt, doch immer wieder stieg in ihm ein unangenehmes Gefühl auf, wenn er die Halt-Rufe der Grenzer hörte, denn er kannte das Ende manch' einer derartigen Treibjagd. Tot und verlassen hat schon mehr als ein Schmuggler hier im Grenzwald gelegen.

Josef Ambrunner wusste, dass er fort musste, so schnell wie möglich. Das Lärmen war näher gekommen. Rechts neben ihm, oben am Hang, konnte er deutlich die Stimmen und das Fluchen der Grenzjäger hören, die dem Verfolgten schon bedenklich näher gekommen zu sein schienen, denn Wortfetzen wie „Hier!", „Da rechts ist er abgebogen!" und ähnliches drangen an sein Ohr.

Ohne den geringsten Laut zu verursachen, schlich sich Josef Ambrunner am Rande der Lichtung entlang dem Tal und dem Dorf zu.

Wie ein scheues Wild nach allen Seiten spähend, hatte er vielleicht zwanzig Meter zurückgelegt, als er plötzlich wie versteinert stehenblieb. Halb gebückt, die Flinte in der rechten Hand haltend starrte er auf die Lichtung. Oben am Hang hörte er bereits das Keuchen der Laufenden. Auf der Lichtung aber, als ob es keine Grenzer, Schmuggler oder sonstige ruhelose Menschen gäbe, äste der kapitale Bock, auf den er seit Wochen gewartet hatte. Wie ein Fabelwesen starrte er das friedliche Bild an, das sich vor seinen Augen abrollte. Er hatte die Gefahr vergessen, die ihm drohte und immer näher zu kommen schien. Ruhig äste der braune Bock. Da zerriss plötzlich ein Schuss die friedliche Stille des Waldes. Und dann folgte eine ganze Salve. Was sich nun in Sekundenschnelle abspielte, konnte Josef Ambrunner nur im Unterbewusstsein aufnehmen. Der Bock hatte beim ersten Schuss den Kopf nach oben gerissen, und bevor noch die zweite Salve in den Wald hineinkrachte, hatte er in wilder Flucht den gegenüberliegenden Waldstreifen erreicht.

Aber die Aufmerksamkeit Josef Ambrunners war auf den Hang genau über ihm gerichtet. Deutlich sah er, wie ein Mann – er mochte vielleicht Mitte der Dreißig sein – unmittelbar an dem jäh abfallenden Hang entlanghastete. Er trug einen dunkelgrauen Anzug und einen roten Binder. Sein schwarzes lockiges Haar hing in einigen Strähnen über die Stirn. Sein Gesicht war blass und die Anstrengung dieser Hetzjagd stand in seinen verzerrten Zügen zu lesen. Man hörte sein Keuchen bis hinab zum Fuß des Abhangs, dort wo Josef Ambrunner noch immer regungslos, das Gewehr verkrampft in der Hand haltend, verharrte. Dort – etwa zwanzig Schritte von dem Flüchtenden entfernt, tauchte auch bereits die grüne Mütze eines Grenzers auf. Hinter ihm kamen drei, vier und jetzt noch zwei Grüne am Rand des Abhangs herauf.

Sie hielten in ihrem Lauf inne und starrten hinab in die Schlucht. Josef Ambrunner stockte das Herz. Sein Verstand sagte ihm zwar, dass die Grenzer ihn unmöglich von oben erkennen konnten, denn das dichte Unterholz, in das er sich gekauert hatte, ließ kaum einen Lichtstrahl hindurch. Aber was er dort oben sah, trieb ihm den kalten Schweiß auf die Stirn. Die Grenzer, es waren jetzt fünf Mann, standen schwer atmend dicht beisammen, redeten erregt aufeinander ein und wiesen nach unten, dorthin, wo Josef Ambrunner sich nunmehr nicht im geringsten zu rühren wagte. Zum ersten Mal in seinem Leben als Grenzbauer, der einer Gefahr direkt ins Auge sehen konnte, spürte er, dass er Angst hatte. Nicht so sehr wegen der Kugeln, die die Grenzer ihm in den Leib jagen könnten, sondern vielmehr darum, was seine Tochter, die Gitta, von ihm denken würde, wenn er als Wilderer gefesselt oder - schlimmer - getötet ins Dorf geschafft würde.

In diesem Augenblick stieg neben ihm, etwa fünf Meter entfernt, mit lautem Geschnatter eine Drossel auf. Die Grenzer, die immer noch mit Feldstechern die Schlucht absuchten, da sie glaubten, dass der Flüchtende hinabgesprungen sei, hatten den lärmenden Vogel ebenfalls gehört und feuerten sogleich in die Richtung. Josef Ambrunner hört die Kugeln pfeifen, aber er durfte sich nicht bewegen. Es war schon fast stockfinster geworden. Die Grenzer konnten nur noch mit ihren Nachtferngläsern die Gegend absuchen. Sie waren nun von dem Rand der Schlucht zurückgetreten und schienen offensichtlich die Verfolgung aufgegeben zu haben. Josef Ambrunner atmete erleichtert auf und wollte sich gerade aus seinem Versteck hervorwagen, als an der Stelle, wo eben noch die Grenzer gestanden hatten, der Mann mit dem roten Binder erschien. Trotz seiner fast aussichtslosen Lage hatte er die einbrechende Dunkelheit geschickt ausgenutzt und der verfolgenden Grenzerpatrouille ein

Schnippchen geschlagen. Vorsichtig trat er an den Rand der Schlucht. Konnte er einen Sprung in die Tiefe wagen? Unten konnte man nichts erkennen. Eine gähnende Schwärze lag vor ihm. Seine Lungen schmerzten. Es war eine ungleich verteilte Treibjagd gewesen, und er war der Schwächere. In diesem Augenblick hatte er sich dem Rand der Schlucht zu weit genähert und ein Stück der etwas vorspringenden Grasnarbe brach herab. Nur ein blitzschneller Sprung zurück rettete ihn vor dem unbekannten Absprung.

In der gleichen Sekunde jedoch krachte der Schuss, der Schuss, der ihn mit unheimlicher Wucht und Dumpfheit in den Körper drang. Er fühlte sich nach vorn gerissen, sah rings um sich nur tiefstes Schwarz, das plötzlich abgelöst wurde von leuchtend rotem Flimmern. Es schien ihm, als ob der Wald in Flammen stände.

Er fühlte nichts mehr.

Sein Körper schlug unten im Dickicht der Schlucht auf, er rollte noch ein wenig zur Seite, dorthin, wo der wie zu einer Kalkwand erblasste Josef Ambrunner hockte. Oben wurden die Stimmen der Grenzer wieder laut.

Es war jetzt stockfinster unten in der Schlucht. Josef Ambrunner tastete sich zu dem vor ihm liegenden Gehetzten.

Sein grauer Anzug war zerrissen und hatte sich im Rücken tiefrot gefärbt. Er hielt noch immer die kleine schwarze Pistole in der Hand, aber kraftlos hing der Arm über den herabgebogenen Zweig eines wilden Fliederbusches herab.

Der Fremde war tot. Erschossen von den Grenzern. Das

Ende, das Josef Ambrunner so oft miterlebt hatte.

Aus den Taschen des grauen Jacketts waren zwei Glühbirnen auf den moderigen Waldboden gerollt. Halb im Unterbewusstsein nahm Josef Ambrunner eine der Birnen in die Hand. Sie war erstaunlich schwer, und er hätte sie beinahe fallengelassen. Auch die andere Birne schien mit Blei angefüllt zu sein.

Die Stimmen der Grenzer kamen jetzt nahe heran. Josef Ambrunner hatte sie gänzlich vergessen. Blitzschnell ließ er die Birnen in den weiten Taschen seiner grünen Lodenjoppe verschwinden und eilte, jedes laute Geräusch vermeidend, dem Tal und seinem Hof zu.

Der Fremde im grauen Anzug mit dem zerrissenen und rot gefärbten Jackett blieb allein in der schwarzen und feuchten Schlucht. Sein Arm hing erstarrt über die herabgebogenen Fliederstrauchäste.

- *Kapitel 2* -

Nervös trommelte Zollrat Wolters mit dem Bleistift auf seinen Schreibtisch. Neben ihm saß der Kollege von der österreichischen Grenzzollstelle, Franz Hubenheim. Sie kannten sich beide sehr gut, nachdem sie jetzt schon mehr als zwei Jahre als leitende Zollbeamte hier am Grenzbahnhof tätig gewesen waren. „Der Berner lässt uns aber schön aufsitzen" meinte Wolters, der etwas älter als sein Kollege war und sich durch eine stets gerötete Nase auszeichnete, was auf reichlichen Genuss von Alkohol zurückzuführen war, wenn man den Reden seiner Beamten Glauben schenken durfte. Er selbst führte diesen Zustand auf die Folgen einer Erfrierung zurück, die er sich bei einem Patrouillengang zugezogen haben wollte und konnte bei irgendwelchen Anspielungen im Hinblick auf seine „Schnapsnase" sehr unangenehm werden. Hubenheim war ein langer, hagerer Österreicher, dessen gemütliche Ruhe eigentlich gar nicht zu seiner äußeren Erscheinung passen wollte. So saß er dann auch mit ergebener Gelassenheit neben dem Schreibtisch, um auf den leitenden Beamten der Grenzpolizei, Alois Berner, zu warten.

Vor dem Zollgebäude fuhr in diesem Augenblick mit

kreischenden Reifen ein Wagen vor. Er bremste scharf und nach einigen Sekunden trat Alois Berner in den Amtsraum seines alten Freundes, des Zollrats Wolters. Der kleine rundlicher Berner mit dem roten, aber immer lächelnden Gesicht strahlte eine derartige Freundlichkeit aus, dass Wolters vergaß, sich über das lange Ausbleiben zu beschweren.

„Na, Kinder" begann Berner, „da ist Euch ja schön der Schreck in die Glieder gefahren. Als ich Deinen Anruf bekam, glaubte ich, Du wärst einem Schlaganfall nahe. Aber Spaß beiseite. Wo ist denn nun Euer sagenumwobener Superschmuggler? Habt Ihr ihn etwa in den dunklen Keller gesperrt?"

„Lass doch Deine dummen Witze, Alois. Da ist jetzt, ich möchte sagen, leider keine Zeit mehr dazu. Unser Superschmuggler ist, wie Du ja ganz genau weißt, über alle Berge – es sei denn, Deine Grenzer hätten einmal nicht geschlafen und ihn gefangen."

„Zu Deiner Beruhigung, meine Grenzer suchen noch. Es ist möglich, dass sie ihn in diesem Augenblick schon haben. Ich komme gerade von Posten B, der in der Höhe von Hirsching liegt. Man ist ihm auf der Spur. Bei dieser Dunkelheit heute kann man natürlich für nichts garantieren. Aber nun zum Wichtigsten: wir müssen erst einmal die Beamten verhören, die ihn aufgestöbert, dann aber laufen gelassen haben."

„Mahlmann, holen Sie zunächst den Zugkontrolleur Helmers herein!"

Der Protokollführer eilte ins Nebenzimmer und trat kurz darauf in Begleitung des Zugkontrolleurs wieder in das Amtszimmer des Zollrats ein.

„Herr Helmers, bitte, nehmen Sie doch Platz."

„Danke, Herr Zollrat. Nach diesen aufregenden Minuten ist man schon für jede Sekunde dankbar, die man sitzen kann, nicht wahr?" An dieser Stelle unterbrach Berner den sich anbahnenden Redeschwall des Eisenbahners.

„Gewiss, Herr Helmers, wir verstehen sehr Ihr Bedürfnis nach Ruhe, aber im Augenblick müssen wir Sie leider noch für einige Minuten bitten, sich genau die ‚aufregenden Minuten', wie Sie eben sagten, ins Gedächtnis zurückzurufen. Immerhin haben Sie sich doch insofern einen gewissen Ruhm erworben, dass Sie den Gang der Dinge entscheidend beeinflusst haben. Bitte, erzählen Sie uns genau, wie Sie überhaupt auf die Glühbirnen aufmerksam wurden!"

„Ja, Herr Kommissar, dass kann man schon sagen, ich habe in gewisser Weise den Gang der Dinge beeinflusst. Ich habe mir eben, als ich so draußen auf dem Flur saß, gesagt, dass ich ja gewissermaßen sogar so etwas Ähnliches wie Schicksal gespielt habe. Ja, und wenn ich es mir so recht überlege, dann ist alles doch mehr dem Zufall zu verdanken. Als wir etwa zwanzig Kilometer vor der Grenze waren, treffe ich auf dem Gang des fünften Wagens hinter der Lokomotive den Zugführer Bertels. Wir sprechen so miteinander über die Besetzung der Abteile, kommen dann auf die ewige Fahrerei zu sprechen, die uns, das können Sie sich sicher denken, allmählich schon aus dem Halse heraushängt. Wir schimpften darüber, dass für uns viel zu wenig Zeit bleibt, um mit unserer Familie zusammenzuleben und…"

„Sehr schön, Herr Helmers, aber was hat das mit den Glühbirnen und dem plötzlich Entschwundenen zu tun?"

„Sehr viel, Herr Kommissar, denn wie wir in dieser Weise eifrig diskutierten, geht neben uns die Abteiltür auf und eine ältere Dame, ich tippe so auf Lehrerin oder etwas Ähnliches, steckt ihren Kopf heraus und bittet uns darum, ob wir nicht das Licht einschalten könnten, sie könne gar nichts mehr lesen, ihre Augen täten schon weh. Der Bertels und ich haben, das müssen Sie wissen, eine Schwäche für klagende Frauen, wenn ich so sagen darf. Der Bertels entschuldigte sich daraufhin bei der Dame und gab mir die Anweisung, das Licht im vorderen Zugteil anzustellen. Es war, wie Sie ja selbst wissen, heute ungewöhnlich früh dunkel geworden, wir hatten es natürlich nicht bemerkt, da wir soviel andere Dinge im Kopf haben müssen. Gewöhnlich schalten wir nämlich um diese Jahreszeit das Licht erst an, wenn die Grenze etwa zwanzig Kilometer hinter uns liegt. Nun, ich ging, wie der Zugführer gesagt hatte, in den vorderen Zugteil und schaltete das Licht in Wagen vier ein. Als ich in Wagen drei kam und dort das Licht ebenfalls andrehen wollte, stand vor dem Lichtkasten ein junges Mädchen, ich kalkuliere Sekretärin, und ein junger Mann, den ich nicht näher zu Gesicht bekam. Als ich sie bat, mir Platz zu machen, hatte ich zunächst keinen Erfolg, denn das Mädchen bat mich, das Licht doch noch nicht anzuzünden."

„Das ist ja interessant!" unterbrach ihn Wolters. „Glauben Sie, dass dieses Mädchen in Verbindung zu bringen ist mit dieser ganzen Geschichte?"

„Ob das Mädchen mit der ganzen Geschichte in Verbindung zu bringen ist, Herr Zollrat, wage ich bei meinem bescheidenen Verstand nicht zu entscheiden. Auf jeden Fall weiß ich, dass sie in Verbindung zu bringen ist mit dem jungen Mann der neben ihr stand. Ich bin, wie ich schon erwähnte, ein rücksichtsvoller Mensch, und so wartete ich auch in diesem Fall einen günstigen Augenblick zum Lichtanschalten ab."

„Ja, aber warum in Herrgotts Namen? Reden Sie nicht so geschwollen, Herr Helmers!"

„Es tut mir leid, dass Sie es nicht verstanden haben, Herr Zollrat, aber wie ich an dem Lächeln Ihrer Kollegen sehe, haben sie es richtig aufgefasst. Also, die beiden jungen Leute vor dem Lichtkasten küssten sich, ich kalkuliere zwei bis drei Minuten. Dann schaltete ich das Licht an und ging zum Wagen zwei. Hier stand keiner vor dem Lichtschalter und so konnte ich ohne Schwierigkeiten das Licht in diesem Wagen einschalten. Als ich daraufhin den Wagengang herunterging, trat eine junge Dame auf mich zu – sie kam aus einem vollbesetzten Abteil heraus. Eine sehr schöne Dame, das muss ich sagen, sie roch nach Geld und Bildung. In höflichen Worten, die mich – ich gestehe das ganz offen – sehr schmeichelten, bat sie mich, ihr den Zuganschluss von München nach Paris zu sagen. Ich blieb stehen und blätterte meinen Fahrplan durch, um ihr die gewünschte Auskunft zu erteilen. Ich versuchte, ihr eine möglichst erschöpfende Antwort zu geben, und auch sie schien von meiner schnellen und genauen Auskunft und, wie sie selbst sagte, meiner höflichen Art, sehr beeindruckt zu sein. Wir kamen ins Gespräch, das leider nicht sehr lange dauerte, denn inzwischen hatte der Zug die Grenzstation erreicht. Die Zollkontrolle war schon nahezu beendet, als mir einfiel, dass im Wagen eins immer noch kein Licht brannte. Ich eilte nach vorn, blieb aber vor dem letzten Abteil im Wagen zwei stehen, weil dort ein Zollbeamter gerade die Gepäckkontrolle durchführte, so dass ich nicht vorbei konnte. Da fiel mir auf, warum und weshalb kann ich nicht sagen, jedenfalls fiel mir auf, dass eine Birne im Abteil nicht brannte. Als der Zöllner das Abteil verließ, trat ich ein, wünschte einen Guten Abend und wollte gerade die Birne herausschrauben. In diesem Augenblick sprang ein junger Mann auf, ich hielt ihn für liebenswert und höflich, und bot sich an, mir beim Ausschrauben der Birne behilflich zu sein, da er weitaus größer war als ich. Als ich mich bedankt hatte und nun die Birne in Empfang nehmen wollte, bat er mich, diese behalten zu dürfen, da er Glühbirnen aus aller Welt sammele, das sei so ein kleiner Tick von ihm. Obgleich wir für jede neue Birne eigentlich die alte abgeben müssen, konnte ich es nicht übers Herz bringen, ihm die Birne abzunehmen, denn auch ich bin ein alter Sammler, allerdings nur von kleinen Zuckerpackungen. Als ich jetzt jedoch auf den Gang heraustrat, um eine neue Birne zu holen, sah ich, dass auch die vor dem Abteil angebrachte Birne nicht brannte. Ich hatte jedoch noch kaum meinen Arm ausgestreckt, um sie herauszuschrauben, als der junge Mann aus dem Abteil herausgeschossen kam, mich beiseite stieß, so dass mir die Luft wegblieb. Ich wurde gegen die Außenwand des Wagens geschleudert und sah gerade noch, wie der junge Mann das Fenster der Wagentür herunterließ und in katzenhafter Gewandtheit hinaussprang. Ein Zöllner, der vor dem Wagen stand, wurde ebenfalls beiseite gestoßen und schlug Alarm. Nun, das andre, meine Herren, wissen Sie besser als ich."

„Ich danke Ihnen, Herr Helmers", nahm Kommissar Berner, der bis dahin unbewegt der Erzählung des Eisenbahners gelauscht hatte, das Wort. „Haben Sie gesehen, ob der Fremde die geheimnisvollen Glühbirnen fortgeworfen hat oder wohin er sie verstaute?"

„Nein, Herr Kommissar, Sie müssen schon entschuldigen, aber bei der Aufregung habe ich nicht mehr an die Glühbirnen gedacht und auch nichts gesehen."

„Schon gut, Herr Helmers, Sie brauchen sich nicht zu entschuldigen. Wie war der Mann denn bekleidet, ist Ihnen da etwas aufgefallen?"

„Ja, ich glaube, er trug einen grauen Anzug und einen auffallend roten Schlips, ja, das weiß ich genau, das war so ein moderner, der unten abgeschnitten war, und er …"

In diesem Augenblick schrillte das Telefon und der eben noch munter und aufgeregt erzählende Helmers hatte sich bei diesem Klingeln so erschrocken, dass er seinen Satz nicht mehr vollenden konnte. Kommissar Berner nahm den Hörer auf. Zum ersten Mal an diesem Abend bemerkten seine Freunde, dass der rundliche Berner aufgeregt war, er schien förmlich in den Hörer hineinzukriechen. Mit einem „Ich komme gleich!" war das

Gespräch beendet, aber der Kommissar hielt den Hörer noch eine Weile fest in der Hand, bevor er ihn mit einem erleichterten Seufzer auf die Gabel fallen ließ.

„Posten B rief eben an, der flüchtende Unbekannte wurde im Grenzwald in der Nähe von Hirsching während der Verfolgung erschossen. Er trägt einen grauen Anzug und einen roten Binder, von irgendwelchen Glühbirnen keine Spur, er wird sie während der Flucht weggeworfen haben. Ich fahre gleich raus. Ich danke Ihnen, Helmers, wir rufen Sie später noch einmal." Damit verließ Berner den Raum. Einen Augenblick später heulte der Motor seines Wagens auf und er brauste der Station B entgegen.

- *Kapitel 3* -

Wie bleiern sahen die Straßen der Stadt aus. Es war etwa vier Uhr morgens. Die Sonne hatte sich noch nicht hervorgewagt, und auf den Straßen hastete nur hin und wieder eine graue Gestalt vorüber. In wenigen Stunden würden Tausende und Abertausende die gleichen Straßen mit Lärmen und Hasten anfüllen. Um die Ecke der Emilienallee schlich eine kleine, nach vorn gebeugte Gestalt. Der Polizist, der gerade von seiner Streife zurückkehrte, musterte die Gestalt misstrauisch und wandte sich voller Ekel ab. Diese lumpigen Bettler, die morgens, bevor die Hähne krähen, die Mülleimer vor den Häusern nach verwertbaren Kleinigkeiten durchstöberten, widerten ihn an. Am Ende der Emilienallee, als der Polizist schon längst sein Wachlokal betreten hatte, bog der Bettler in den Torweg einer zurückliegenden, weißen Villa ein. „Balduin von Rohdegg - Agentur" stand auf einem kleinen Marmorschildchen zu lesen.

Der Bettler klingelte.

Laut hallte die Klingel durch die ganze Villa, und eilige Schritte hasteten eine Treppe herunter. Der rothaarige, zerzauste Kopf eines schmächtigen Männchens lugte aus der halb geöffneten Tür. Seine Augen starrten den draußen wartenden Bettler an.

„Was wollen Sie? Machen Sie, dass Sie fortkommen, Sie Dreckspatz, oder ich hole die Polizei!"

Der Bettler grinste und hielt seinen Kopf ein wenig schief dabei. Er grinste unverschämt, und der Rothaarige, es war der ständige Begleiter und Vertraute des Herrn von Rohdegg, vergaß vor Empörung, die Haustür zuzuknallen.

Er wollte jedoch gerade eine Salve nicht gerade salonfähiger Schimpfworte loslassen, als sich die unter dem zerlumpten Mantel halb verborgene Faust des Bettlers langsam öffnete, und ein kleiner, weißer Zettel auf die Diele flatterte.

Der Bettler grinste immer noch. Er wandte sich langsam um und schlurfte, ohne auch nur ein Wort gesprochen zu haben, den Kiesweg hinunter.

Franz Hartheim starrte dem Unbekannten, dessen blitzende und stechende Augen er noch deutlich vor sich sah, ungläubig nach. Erst als er um die nächste Gartenecke verschwunden war, schloss er leise und sorgfältig die Tür.

Vor ihm lag der zusammengefaltete Zettel. Er hob ihn vorsichtig auf und faltete ihn auseinander. Sein Gesicht war aschfahl. Auf dem Zettel war ein Kreis gezeichnet und dann stand in ungelenken Buchstaben in der unteren linken Ecke „Janusch".

Auf seiner Stirn standen ihm dicke Schweißperlen. Es war aus, alles war umsonst. Der Kreis hieß, dass die Sache schief gegangen war. Janusch war der Mittelsmann am Bahnhof, der ihn herbringen sollte.

Im oberen Stockwerk wurde eine Tür aufgestoßen und

ein dicker, schwammiger Mann beugte sich, nur mit einem weißen Nachthemd bekleidet, über das Treppengeländer.

„Was ist los, Franz? He, Du, kannst Du nicht hören? Wer hat geklingelt? Sprich doch endlich, Du Idiot! Kannst Du nicht hören?" Seine fette Stimme überschlug sich vor Entrüstung. Er wollte sich gerade die Treppe hinunterwälzen, als Franz sich umdrehte. Der Dicke, es war der besagte Balduin von Rohdegg, starrte seinen ständigen Begleiter mit einem fast kindlich dummen Gesicht an. So hatte er Franz noch nie gesehen. Blass und mit zitternden Beinen stakste dieser auf die Treppe zu und reichte ihm den kleinen weißen Zettel hinauf.

„Hier, Boss, ließ!" Mehr konnte er nicht sagen.

„Nein, das ist doch alles ein Spuk, das stimmt nicht, das ist doch …" mit fahriger Gebärde strich sich der Dicke über sein jetzt blaurot angelaufenes Gesicht.

Er ließ sich schwer auf die oberste Stufe der Treppe fallen. Hier saß er und starrte wie geistesabwesend immer noch auf den Kreis, als sich hinter ihm die Tür öffnete, aus der er gerade herausgekommen war.

„Na, Dickerchen", flötete eine nur mit einem durchsichtigen Umhang bekleidete „Dame" hinter den beiden wie zu Eis erstarrten Männern, „Hast Du keine Lust mehr, oder ist Dir vor lauter Schreck die Luft ein bisschen knapp geworden? Was habt Ihr denn, glaubt Ihr etwa, ich bin hergekommen, um mit zwei unbeweglichen Götzen die Nacht zu verbringen? Los komm, Dickerchen, Du erkältest Dich hier draußen!"

„Lass mich los, Jacky, hau' ab, sage ich! Du sollst verschwinden, hörst Du. Verschwinde, Du widerliche Katze. Hau doch endlich ab!"

„Schon gut, reg' Dich bloß nicht auf, ich finde jeden Tag, jede Stunde, ja, jede Minute etwas besseres als Dich, Du fetter Mistkäfer!"

„Meine Dame, ich möchte Sie jetzt bitten unser Haus zu verlassen!" Mit diesen salbungsvollen Worten versuchte Franz die Situation zu retten und das Gespräch wieder auf Niveau zu bringen, denn er wusste, dass der Boss auf eine gepflegte Rede größten Wert legte, jedenfalls manchmal.

„Du hast es gerade nötig, Du Schwächling", wetterte Jacky in einem Tonfall, den man nicht mehr als Flöten, sondern bestenfalls als heiseres Grölen bezeichnen konnte. „Über Dich machen sie sich bei uns sowieso lustig. Was kannst Du denn schon. Solch einen Ton bin ich nicht gewohnt. Ich gehe!"

Sie zog sich in das Zimmer zurück und kam kurz darauf mit einem Mantel bekleidet wieder heraus. Ohne die immer noch auf der Treppe sitzenden Gestalten zu beachten, schritt sie mit raffiniertem Hüftschwung zur Tür. „Scheint Euch ja schön erwischt zu haben, ha, ha, ha …" Ihr Lachen hörte man noch, als sie bereits die Tür wieder geschlossen hatte.

Durch die ins Schloss fallende Tür wurde der Boss aus seinem Dämmern gerissen.

„Komm, wir müssen überlegen", sagte er und verschwand in seinem Zimmer, um sich anzukleiden. Während er sich mit einer erstaunlichen Ruhe die Haare mit Pomade bearbeitete, erzählte ihm Franz in allen Einzelheiten den

Besuch des Bettlers.

„Ja, ja, der Janusch ist kein Dummkopf", murmelte der Boss.

„Wie spät haben wir es, Franz?"

„Fünf Uhr durch, Boss!"

„In einer Stunde gehst Du los und besorgst jede Zeitung, die Du auftreiben kannst! Sieh zu, dass Du mit Janusch in Verbindung kommst, aber sei vorsichtig!"

„Geht klar, Boss!"

„Wir müssen an die Steine heran, koste es, was es wolle!" Mit energischem Schwung pfefferte der Boss seine Haarbürste in die Ecke, wo Franz sie behutsam aufsammelte und säuberte.

„Lass den Zauber und hau ab!" wetterte der Boss.

An der Straßenecke hatte sich bereits der erste Zeitungsverkäufer aufgestellt, um sein billiges Revolverblatt den ersten vorübergehenden Arbeitern anzubieten.

- *Kapitel 4* -

Sie saßen zu dritt um den Mittagstisch, und es wollte kein rechtes Gespräch aufkommen. Josef Ambrunner lag breitspurig, mit beiden Ellenbogen auf den Tisch gestützt, über seinem Teller und schlürfte die Suppe hinunter. Bisweilen streifte sein Blick von unten herauf den Fremden, der erst seit zwei Tagen in Hirsching weilte. Er gefiel ihm schon, aber diese Ruhe bei Tisch und das aufrechte Sitzen, das sich auch schon seine Tochter Gitta angenommen hatte, wollte ihm absolut nicht behagen. Weshalb hatte er den jungen Ingenieur eigentlich nur bei sich aufgenommen? Na, ja, als die Herren der Erdölgesellschaft vor einigen Wochen hier gewesen waren und über ihren Plan wegen der Bodenuntersuchungen mit ihm, dem Dorfvorsteher, gesprochen hatten, da hatte er sich selbst angeboten, den Herrn Ingenieur aufzunehmen.

Wenn er ehrlich war, so nicht so sehr aus purer Hilfsbereitschaft, sondern vielmehr dachte er an seine Pumpanlage, die auf seinem Hof seit einigen Wochen nicht mehr in Ordnung war. Sicher konnte ein Ingenieur so etwas ohne große Aufwendungen reparieren. Ja, der Ambrunner ließ sich durch keine Situation verblüffen. Aber diese Ruhe und das verschüchterte Gesicht seiner Tochter!?

„Na, mir soll's egal sein - Hauptsache er stört sonst weiter nicht und repariert meine Pumpe" Damit verwischte der alte Ambrunner seine Gedanken und bemerkte, dass die beiden anderen schon seit einer ganzen Zeit darauf gewartet hatten, bis er seinen Teller endlich leer gegessen hatte. „Es hat mir wirklich ausgezeichnet geschmeckt bei Ihnen, Herr Ambrunner, es ist bald noch schöner als zu Hause", versuchte Peter Halden ein Gespräch anzufangen. „Hm!", knurrte der Alte. Gitta errötete leicht.

Draußen schien die Sonne fast senkrecht vom Himmel. Keine Wolke war zu sehen. Die Fenster standen weit offen und ein gesunder würziger Duft von dem nahen Kiefernwald, der gleich hinter dem Hof des Ambrunner begann, drang in die Stube. „Es muss doch herrlich sein, Herr Ambrunner, so das ganze Jahr über hier mitten in der schönen Landschaft zu leben, weit ab von Eisenbahnen und Motorengerassel. Diese ewige Stille und Ruhe, glaube ich, ist überhaupt nicht mit Geld zu bezahlen."

Der Alte nickte und brummte etwas vor sich hin, denn er redete nie gern nach dem Essen. Sein Kopf nickte langsam nach vorn über und ein leises Schnarchen zeigte an, dass er jetzt sein tägliches Mittagsschläfchen hielt.

Peter Halden wandte sich, da er noch keine Lust verspürte, die Arbeit schon wieder aufzunehmen, der Tochter des Alten zu, die bereits eifrig beschäftigt war, die Teller abzuwaschen. Sie gefiel ihm sehr gut in ihrer frischen und im Beisein des Vaters so schüchternen Art. Ihr hellblondes Haar bildete einen wunderbaren Kontrast zu den großen dunkelbraunen Augen und der goldbraunen gesunden Farbe ihres Gesichts.

„Sagen Sie, Gitta, haben Sie nicht, trotz der Schönheit dieser Gegend manchmal Angst hier unten in Hirsching direkt an der Grenze? Ich kann mir vorstellen, dass so manche Schmuggler hier in diesem kleinen Dorf Unterschlupf suchen, wenn sie von der Polizei gehetzt werden." „Was soll dieses dumme Gerede, Herr Ingenieur!", fuhr in diesem Augenblick der Alte auf, und seinen durchdringenden Augen konnte der verdutzte Halden nicht ausweichen. „Aber, Herr Ambrunner, was ist denn, ich habe doch nur …"

„Schon gut, aber ich kann es nicht leiden, wenn man versucht, meiner Gitta Angst einzujagen. Gitta fürchtet sich nicht, merken Sie sich das!"

Peter Halden wollte gerade zu einer groß angelegten Verteidigungsrede ansetzen, aber Gittas Augen schienen ihn zu bitten, jetzt nicht weiterzureden.

Mit lautem Geknatter kam in diesem Augenblick ein eigenartiges Vehikel auf den Hofplatz gebraust, das schon gut vor zehn Jahren hätte verschrottet werden können. Es war ein offener Zweisitzer, der hochbepackt war mit Papierrollen, Brettern und Leinenballen. Der Ambrunner, Gitta und der Ingenieur waren an das geöffnete Fenster getreten und schauten dem mehr als komisch wirkenden Schauspiel zu. Ein kleiner Mann kroch hinter dem ungetümen Lenkrad hervor und kletterte heraus. Er trug eine auffällig karierte Jacke, enge Schlauchhosen und eine viel zu große Jockeymütze aus weiß-rot kariertem Stoff. Das Auffälligste an ihm war jedoch sein pechschwarzer Backenbart, der in einem kleinen Spitzbart endete.

Josef Ambrunner schüttelte verständnislos seinen Kopf über diese Gestalt, die aus einer anderen Welt zu kommen schien. Während auch Gitta mit vor Staunen geöffneten Augen dem Neuangekommenen entgegenstarrte, konnte Peter Halden nicht mehr an sich halten und brach in lautes Lachen aus. Der Gegensatz zwischen diesen noch eng mit der Natur verbundenen Menschen und dem Existentialistenkeller-gebleichten Gesicht des draußen Stehenden hätte dem größten Nörgler ein Lächeln abgefordert.

Der Fremde, der sich bisher unbeobachtet glaubte, drehte sich blitzartig zu dem Fenster um, aus welchem die drei herausschauten. „Na, wertester Gast, womit können wir dienen?", fragte Peter Halden in übermütiger Laune.

„Oh, verzeihen Sie", begann der Fremde, langsam auf das Fenster zutretend, „mein Name ist Amadeus Gripps aus München. Wie Sie an meinem komischen Aufzug vielleicht schon gesehen haben, bin ich Kunstmaler und auf der Suche nach schönen Motiven." Der Alte war noch näher ans Fenster getreten und starrte den Fremden immer noch erstaunt an.

„Sagten Sie, dass Sie Maler sind?"

„Selbstverständlich, hochverehrter Herr, Maler wie er im Buche steht, voller Talent, ständig auf Achse - aber stets ohne Geld."

„Schwätzen Sie nicht, Mann! Und was wollen Sie hier auf meinem Hof?"

„Ihr Hof ist es, werter Meister? Habe die Ehre! Ich schätze mich glücklich..."

„Halten Sie auf mit dem Gerede! Was wollen Sie!"

„Wenn ich es frei heraus sagen darf, ein Glas Milch. Sie glauben nicht, wie die Sonne einem zu schaffen macht, und zu einem Verdeck hat's immer noch nicht gereicht."

„Kommen Sie rein! Gitta, bringe ihm ein Glas Milch! Setzen Sie sich hierher. Ich heiße Ambrunner und das ist Ingenieur Halden, dort hinten, das ist meine Tochter Gitta."

Gitta schaute erstaunt auf ihren sonst Fremden gegenüber ziemlich wortkargen Vater. Heute schien er sofort mit dem ulkigen Fremden warm geworden zu sein, denn schon begann er erneut zu reden.

„Sie sagten, dass Sie Maler sind? Da können Sie doch Wälder, Häuser und Berge so einfach auf die Leinwand zaubern, nicht?"

„Nun, so einfach ist das ja nun auch nicht, aber man kann's schon schaffen!"

„Könnten Sie meinen Hof und im Hintergrund unser Dorf und unseren Wald zeichnen?"

„Aber natürlich", erwiderte der Maler sichtlich verlegen, „Warum fragen Sie?"

„Das kommt später. Wollen Sie bei mir wohnen? Sie können alles umsonst hier haben, freie Wohnung und freie Verpflegung." Amadeus Gripps zog seine Augenbrauen langsam in die Höhe und schien sich seine Antwort recht wohl zu überlegen.

„Also, Herr Ambrunner, Ihre Einladung ehrt mich wirklich. Ich habe hier bei Ihnen nur Rast gemacht, um mich für einen Augenblick vor der unerbittlichen Sonne zu verbergen. Aber wie gesagt, ihr Angebot ist sehr schmeichelhaft für einen umherziehenden Jünger der Kunst.

Bevor ich jedoch darauf eingehen möchte, hätte ich doch sehr gerne gewusst, was ich dafür tun soll. Ich meine, dass Sie doch nicht, ohne dass ich…"

„Was ich will, ist folgendes, Herr Klipps."

„Wenn Sie erlauben, mein Name ist Gripps mit Gustav und Richard, Herr Ambrunner."

„Schon gut, Herr Richard, also ich will von Ihnen ein Bild. Ein Bild von unserem Dorf, auf welchem mein Haus ganz groß im Vordergrund ist, verstehen Sie? Das Bild werde ich dann in den Gemeindesaal hängen. Es war schon mal einer Ihrer Zunft hier, der auf mein Angebot eingegangen ist. Ich machte nur den einen Fehler, ihm den Preis für das Bild im Voraus zu zahlen. Von beiden, vom Maler und Geld, habe ich seitdem nichts mehr gehört. So, jetzt wissen Sie, weshalb ich Sie bat, hierzubleiben. Wollen Sie, Herr …?"

„Eigentlich sollte ich ablehnen, Herr Ambrunner", begann Amadeus Gripps „ich befürchte nämlich, dass Ihnen meine Bilder nicht gefallen, und gerade Sie möchte ich am allerwenigsten enttäuschen. Aber wenn ich mir bedenke, was für herrliche Motive hier in dieser Landschaft zu finden sind …" – dabei warf er einen Blick auf die am Herd stehende Gitta, welcher zumindest dem aufmerksam zuschauenden Peter Halden nicht so recht gefallen wollte und auf Gittas Gesicht eine leichte Röte und ein kaum angedeutetes Lächeln zauberte – „so kann ich unter all diesen günstigen Voraussetzungen Ihr wirklich großzügiges Angebot nicht ablehnen." „Wo haben Sie denn studiert?", mischte sich Peter ins Gespräch und auch der Alte hob den Kopf und seine Augen sahen

Amadeus forschend an, der jedoch unter diesen strengen Augen keineswegs seine Ruhe und Frische zu verlieren schien.

„Wo studiert man schon Kunstwissenschaft und Malerei! Die meiste Zeit war ich in Paris, dann bin ich in Rom gewesen und jetzt bin ich auf Motivsuche, da ich noch einige Aufträge erledigen muss. Einige reiche Familien wollen absolut ein Bild von mir gemalt haben, nachdem ich auf der letzten Kunstausstellung mit einem grässlichen Aktbild einen großen Erfolg eingeheimst habe."

„Gut, Herr Gripps, Sie können solange bei mir wohnen bis das Bild fertig ist. Gitta, zeige dem Meister sein Zimmer!"

Der Alte war richtig vergnügt, so kannte Gitta ihn seit einigen Tagen nicht mehr.

Peter Halden stieg die etwas knarrenden Stufen zu seinem Zimmer hinauf. Im Nebenzimmer hörte er den Maler mit Gitta sprechen.

- *Kapitel 5* -

Amadeus Gripps und Peter Halden wohnten jetzt schon über eine Woche beim alten Ambrunner. Der Maler zog jeden Morgen in den Wald, um dort seine Studien zu treiben. Und auch Peter Halden streifte täglich im Grenzwald herum, entnahm hier eine Bodenprobe und stellte dort an einem Felsvorsprung geologische Messungen an. Der Alltag war wieder eingekehrt in das Haus des alten Ambrunner.

Das Abendrot hatte allen herrlich geschmeckt und jetzt saßen sie alle still beisammen. Ein Bild des Friedens und der häuslichen Eintracht. Nur der Alte schien noch etwas auf dem Herzen zu haben, er hatte schon zum dritten Mal seine Pfeife ausgehen lassen und seine Hände spielten nervös mit dem Tageblatt, das er vor sich auf den Knien liegen hatte.

„Halden, haben Sie nachher noch einen Augenblick Zeit?"

„Aber gewiss, Herr Ambrunner", erwiderte der Angesprochene etwas verdutzt, wobei er zu Gitta hinüberschaute, mit der er heute einen ersten kleinen Spaziergang verabredet hatte. Sollte die etwas gesagt haben? Aber das wäre ja noch lange kein Grund. Es war überhaupt albern, sich darüber Gedanken zu machen.

„Also dann komme ich nachher noch einmal zu Ihnen rauf, Halden!"

Der Alte erhob sich und schlurfte aus dem Zimmer. Die drei anderen saßen noch am Tisch und schauten ihm erstaunt nach.

„Es ist wirklich komisch mit ihm", sagte Gitta, „Vater wird, glaube ich, in letzter Zeit sehr alt. Er ist nicht mehr der frühere, immer muntere und frische Grenzbauer, dessen Augen strahlten, wenn er zur Jagd ging."

„Ach, ist Ihr Herr Vater Jäger? Wie interessant!" meldete sich der Maler zu Wort.

Halden, der sah, dass Gitta nicht sogleich die passende Antwort wusste, mischte sich lachend in die Unterhaltung. „Ja, so ist das eben, mein lieber Herr Gripps, die einen jagen, die anderen werden gejagt. Den ersteren macht es Spaß, für die letzteren ist es zumindest aufregend. Aber nun ist genug für heute, ich schätze, wir halten die fleißige Hausfrau nur auf."

Peter Halden erhob sich, und auch Amadeus Gripps begab sich in sein Zimmer.

Nach einer halben Stunde huschte Peter Halden noch einmal nach unten, als er Gitta in der Küche hantieren hörte.

„Fräulein Gitta, was machen wir nur? Ihr Vater, entschuldigen Sie, aber er hätte sich wirklich einen besseren Termin aussuchen können, um mit mir etwas zu besprechen."

„Vielleicht war der Termin gar nicht so schlecht? Wer weiß wofür das alles gut ist, sagt immer der alte Schuster."

„Ja, aber Du, entschuldigen Sie, Sie sind doch gottlob kein alter Schuster, und ich auch nicht. Folglich kann diese ganze Weisheit für uns gar nicht zutreffen."

Gitta hatte den Tisch gerade mit einer Vase bunter Feldblumen dekoriert und stand noch immer halb über den Tisch gebeugt, so als ob sie mitten in der Arbeit unterbrochen worden wäre und nach Beendigung der Unterbrechung ihre Arbeit genau an der Stelle fortsetzen wolle, wo sie aufgehört hatte. Peter Halden hatte sich bei den letzten Worten, um ihnen mehr Nachdruck zu verleihen, ebenfalls mit seinen Händen auf die Tischplatte gestützt. Sie sahen sich beide an, sie waren sich jetzt so nahe, dass jeder sein eigenes Spiegelbild in den Augen des anderen erkennen konnte.

Gitta wusste, dass sie zurückgehen musste, aber ein unbekanntes, aber irrsinnig beglückendes Gefühl ließ sie regungslos verharren. Peter Halden, der bei seinen letzten Worten noch gelächelt hatte, schien plötzlich ernst und feierlich geworden zu sein.

In einer plötzlichen Gemütsbewegung ließ Gitta ihren Kopf sinken, und Peter spürte, wie sie ihre Stirn fest an seine Schulter presste.

„Wissen Sie, Fräulein Gitta …! Oh, Verzeihung, wenn ich störe." Auf der Treppe war Gripps erschienen. Gitta und Peter fuhren wie bei einer ertappten Untat zusammen.

„Ja, was wollte ich noch gleich …" nahm Gripps wieder das Gespräch auf. „Richtig, ich wollte fragen, wo hier in der Nähe die beste Kirche ist, denn übermorgen möchte ich nicht versäumen, am Gottesdienst teilzunehmen."

„Die nächste Kirche ist in Brandig, etwa neun Kilometer."

„Oh, vielen Dank, und nochmals Verzeihung. Aber der Gripps sieht's und vergisst's - ein altes Sprichwort." Lachend stieg er die etwas knarrende Treppe hinauf.

Noch bevor Peter und Gitta auch nur ein Wort wechseln konnten, öffnete sich hinter ihnen mit leisem Quietschen eine Tür und der alte Ambrunner trat herein.

„Haben Sie Zeit, Halden? Gut, dann können wir ja gehen!"

Er ließ ihm keine Zeit zu irgendwelchen Fragen, und mit einem leichten Achselzucken folgte er dem Alten auf den Hof.

Es war jetzt dunkel, aber die Hitze des Tages hing immer noch in der Luft.

„Hier entlang" murmelte der Alte, und sein Schritt nahm etwas Schleichendes und Sicherndes an, so dass Peter Halden halb belustigt die Bewegungen des Alten verfolgte. Er ging zum großen Schuppen hinüber.

Die schwere Tür des Schuppens öffnete sich lautlos. Der Alte schritt voran. Es war stockfinster, so dass Peter Halden, der noch niemals diesen Heuschuppen betreten hatte, im ersten Augenblick nicht wusste, wohin er sich wenden sollte. Wie von tausend Furien gepackt fuhr er plötzlich zusammen und musste im gleichen Augenblick über seine Ängstlichkeit lachen. Die Hand des Alten fühlte sich kalt und feucht an, so dass einem schon ein gruseliger Schauer über den Rücken laufen konnte, wenn man ängstlicher Natur war. Seine eigenen Gedanken hatten Peter Halden so sehr beschäftigt, dass er nicht merkte, als der Alte plötzlich stehenblieb. Als er mit ihm zusammenstieß, sprang er daher blitzartig einen Schritt zurück und riss im gleichen Augenblick seine Arme vors Gesicht, da der gleißende Schein einer starken Taschenlampe ihn blendete. Der Alte leuchtete auf einen Heuballen.

„Kommen Sie her, Herr Halden. Was ich Sie jetzt frage bleibt unter uns. Ich glaube, Sie verstehen mich. Ich jedenfalls muss Ihnen vertrauen. Ich hoffe, dass ich es kann?"

„Gewiss, Herr Ambrunner", antwortete Peter und mit entsetzten Augen starrte er auf den Heuhaufen, der vor ihm lag. Was würde sich darunter verbergen. Er hatte schon viele Kriminalgeschichten gelesen, und die grausigsten traten ihm wieder vor Augen.

„Ich hätte Sie bestimmt nicht herbemüht, wenn mich nicht Tag und Nacht etwas gequält hätte. Ich bin ein einfacher Mann, Halden. Sie sind ein Ingenieur und wissen in vielen Dingen mehr als ich. Nun zur Sache. Ich habe vor einiger Zeit im Wald, dicht an der Grenze, etwas Merkwürdiges gefunden. Aber ich weiß nicht, was es ist. Und dieses Nichtwissen macht mich nervös. Tag und Nacht denke ich nur noch daran und fürchte mich vor jeder Minute, die ich nicht weiß, ob sie Tod, Feuer und Unheil über meinen Hof bringt. Ich werde es Ihnen zeigen."

Der Alte beugte sich nieder und bohrte seine Arme in den weichen Heuhaufen. Gebannt, mit halb geöffnetem Mund starrte Peter Halden auf den an der Erde kauernden Alten.

Mit katzenartiger Gewandtheit erhob sich der alte Am-

brunner plötzlich und hielt dem erwartungsvoll dastehenden Peter Halden zwei Glühbirnen entgegen.

„Was sind das?"

„Ich denke, das sind Glühbirnen."

„Nehmen Sie eine in die Hand. Aber Vorsicht!"

Peter hätte die Birne beinahe fallengelassen, da er nicht
erwartet hatte, dass sie ein so großes Gewicht haben
würden. Er drehte und wedelte sie in der Hand.

„Ja, von außen sieht es aus wie eine Glühbirne. Das heißt,
der Sockel ist sehr komisch, so wie von denen bei der Ei-
senbahn, dort verwendet man diesen Patentsockel. Aber
was ist in der Birne?"

„Kann es explodieren?"

„Ich glaube kaum. Doch sehen Sie hier!" Peter Halden
hatte die Birne eine Zeit lang in der Hand hin und her-
getrieben, und jetzt hatte sich der Sockel gedreht. Er war
mit einem Gewinde versehen und ließ sich leicht ab-
schrauben. Peter Halden legte den Sockel behutsam auf
den Boden. Der Alte beugte sich tief über den Teil der
Birne, den Peter in der Hand hielt, und der bis oben hin
mit gepresstem Seidenpapier angefüllt schien. Vorsichtig zog Peter das Papier heraus, legte es vor sich auf den
Heuballen und faltete das Päckchen auseinander.

Da lag der Inhalt vor ihnen, und beide verharrten in
ihrer Stellung, als wenn sie vom Schlag gerührt wären.
Ihre Augen waren weit aufgerissen. Ungläubig starrten
sie auf das glitzernde Wunder. Der Schein der Taschenlampe, der den Heuhaufen in gleißende Helligkeit hüllte,
schwankte auf und ab, denn die Hand des Alten zitterte.

„Diamanten!" Das war alles, was Peter Halden sagen

konnte. Und der Alte nickte, ohne auch nur ein Wort zu sagen. Sie wussten nicht, wie lange sie so auf diesen Schatz gestarrt hatten, als sie ein leises Poltern zusammenfahren ließ. In der Nähe hatte sich jemand bewegt und war gegen eine Holzstange gestoßen. Der Alte leuchtete mit seiner Taschenlampe in die Richtung. Die grünen Augen von Stups, dem schwarzen Kater, der schon seit mehreren Jahren auf dem Ambrunner-Hof lebte, funkelten ihnen entgegen.

„Bist Du ruhig Stups!" zischte der Alte erleichtert. „Ich dachte schon …"

„Ja, wir müssen hier weg! Ich kann Ihnen nicht sagen, wie wertvoll die Steine sind, und ich möchte Sie auch nicht fragen, woher Sie sie haben."

„Ich habe sie im Wald gefunden. Die Grenze ist nahe, Halden, manchmal viel zu nahe. Sie ist gefährlich für Schwachköpfe aber einträglich für Gescheite."

„Ich weiß nicht, Herr Ambrunner, dies …"

„Sie brauchen nicht weiter zu reden. Ich kenne ihre Bedenken. Ich habe die Birnen im Wald gefunden. Das können Sie mir glauben. Ich nahm sie nur mit, weil sie mir zu schwer vorkamen. Hätte ich allerdings ihren Inhalt gekannt, ich weiß nicht, was ich getan hätte. Sehen Sie, es liegen solche Dinger mitten im Wald. Sie liegen da und vermodern. Nun finde ich sie und bringe sie zur Polizei. Ist das nicht widersinnig? Ich behalt meinen klaren Kopf und sage mir, das war Gottes Fügung und so etwas wie Schicksal. Ich sollte die Steine haben und niemand anders."

„So ganz will mir Ihre Logik noch nicht gefallen, Herr

Ambrunner. Aber mir ist eben ein alter Bekannter eingefallen, dem ich während des Krieges einmal aus einer dicken Sache herausgeholfen habe. Er ist Juwelier in Feldbruck. Ich kenne seine Adresse und werde, wenn es Ihnen Recht ist, morgen mit den Steinen hinfahren und sie dort einschätzen lassen."

„Recht ist mir's nicht so ganz. Aber, ich glaube, es ist das Beste. Passen Sie auf, Halden. Wenn ich auch nicht viel davon verstehe, aber das so etwas ein Vermögen ist, sehe selbst ich. Nehmen Sie die Steine. Ich gebe Ihnen noch meinen Revolver mit. Sicher ist sicher."

„Ich werde morgen fahren. Den Revolver behalten Sie lieber, Ambrunner. Ich schieße im Bedarfsfall mit meinem eigenen besser. Los, gehen wir."

Der Alte schloss die Stalltür behutsam. Beide schritten langsam auf das Wohnhaus zu. Bevor sie sich trennten, hielt Peter Halden den Alten noch einmal am Arm zurück und flüsterte: „Erzählen Sie um Herrgotts Willen niemandem etwas davon, hören Sie, niemandem!"

„Wem sagst Du das Junge! Im Übrigen, lass den Herrgott aus dem Spiel!"

„Schon gut."

- *Kapitel 6* -

Es war noch früh am Morgen, als Peter Halden erwachte und mit vernehmlichem Stöhnen die aufgehende Sonne begrüßte. Er hatte schlecht geschlafen und lauter dumme Sachen zusammengeträumt. Genau konnte er sich nicht mehr daran erinnern, aber er fühlte, dass er nicht richtig ausgeschlafen war. Da fiel ihm der gestrige Abend wieder ein und die Steine, die er in seinem Lederkoffer verschlossen hatte.

Er wollte mit dem ersten Bus zur Bahnstation fahren und hatte noch eine gute halbe Stunde Zeit. So holte er seinen Koffer vom Schrank herunter und betrachtete sie noch einmal bei Licht, die beiden geheimnisvollen Birnen. Die einzelnen Steine breite er vor sich auf seinem Schreibtisch aus und betrachtete jedes dieser funkelnden Stücke nacheinander. Es waren 68, teils in Silber und Gold eingefasste Brillanten. Unter innen fiel ein Stein auf, der die übrigen an Größe um das fünf- bis sechsfache zu übertreffen schien. Als die ersten Sonnenstrahlen über den Schreibtisch huschten, ging ein märchenhafter Glanz von diesem Stein aus, es war, als ob man zu früher Morgenstunde in einen endlos tiefen kleinen Gebirgssee sah, so fein und grünlich glitzernd.

Peter Halden zog sich an und steckte, bevor er die Treppe hinunterging, seinen kleinen Revolver ein. Er lächelte über diese Vorsicht, aber er musste eingestehen, dass so ein kleines Ding unheimlich die Nerven beruhigt.

Er wollte heute auf dem Bahnhof frühstücken, da um diese Zeit Gitta sicher noch keinen Kaffee fertig hatte.

Unten war niemand. Draußen empfing ihn ein taufrischer Morgen, und er atmete diese herrliche frische Waldluft begierig ein. Als er den Hof verließ, trat ihm plötzlich der Alte in den Weg. Er hatte ihn nicht stehen sehen. Der Alte reichte ihm ein Päckchen.

„Ein bisschen Proviant für die Fahrt", sagte er. „Und machen Sie es gut, Halden".

„Wird schon klar gehen, Herr Ambrunner. Und vielen Dank!"

Der Bus war sehr voll. Um diese Zeit fuhren die Arbeiter bereits zu ihren Fabriken und Büros. Peter Halden stand auf der hinteren Plattform, die rechte Hand in der Manteltasche, dort wo sein Revolver lag. Er kannte keinen der Mitfahrenden und auch sie kannten ihn nicht. Er fühlte, wie er von allen Seiten verstohlen beobachtet wurde. Sie sprachen über ihn. Er war daher froh, als die Bahnstation erreicht war.

Eine Stunde später war er in Feldbruck. Auf dem Bahnhofsvorplatz suchte er nochmals die alte zerknitterte Karte heraus, um die Adresse des alten Webbs herauszusuchen. Eine Taxe brachte ihn zu dem angegebenen Haus. Es war zentral gelegen und stand in einer Reihe moderner Geschäftshäuser. Aber von einem Juweliergeschäft war weit und breit keine Spur zu entdecken. Das angegebene Haus hatte zwar im Erdgeschoss zwei ansehnliche Geschäfte, aber es waren ein Kosmetiksalon und ein Spezialgeschäft für Damenstrümpfe. Alles hochvornehm und die Wahl fiel Peter Halden nicht leicht. Ihm schienen beide Branchen nicht recht zuzusagen, und er entschloss sich zu guter Letzt für die Damenstrümpfe.

Eine der reizenden jungen Damen trat auf ihn zu und fragte nach seinen Wünschen.

„Mein Name ist Halden. Könnte ich bitte den Geschäftsführer sprechen?"

„Ja, gewiss, Fräulein Liebig, unsere Filialleiterin, hat gerade Besuch. Wenn Sie einen Augenblick Platz nehmen würden?"

„Danke schön" konnte Peter Halden noch gerade erwidern, da war die Verkäuferin auch schon hinter einem bunten Vorhang verschwunden, um ihn bei der Chefin anzumelden.

„Herr Halden?" Mit diesen Worten trat nach wenigen Augenblicken eine gepflegte ältere Frau auf den Wartenden zu.

„Hoffentlich haben Sie nicht zu lange warten müssen? Bitte treten Sie doch näher. Womit kann ich dienen?"

Peter Halden war ihr in ein kleines, geschmackvoll eingerichtetes Büro gefolgt.

„Ich hoffe, dass Sie keine Beschwerde zu mir führt, Herr Halden" begann Fräulein Liebig das Gespräch nach einer kurzen Pause, in der sie mit leisem Stolz die erstaunten Blicke ihres Gastes beobachtet hatte. Der Raum schien sehr gut zu gefallen.

„Nein, eine Beschwerde ist es ganz gewiss nicht, Fräulein Liebig. Ich muss mich schon im Vorwege entschuldigen, dass ich Ihre kostbare Zeit in Anspruch nehme, aber ich habe eine lange Reise gemacht, um hier in diesem Hause jemand Anderen zu besuchen, einen Herrn Alois Webbs, er hatte ein Juweliergeschäft. Und nun hätte ich die eine Bitte, mir zu sagen, ob Sie vielleicht etwas über seinen jetzigen Aufenthalt wissen."

„Dachte ich es mir nicht! Raffiniert seid Ihr alle. Aber ich habe mir beinahe so etwas gedacht, als ich Sie so dasitzen sah, vorn im Laden. Lässig aber überall hinhorchend und alles sehend. Und habe ich nicht Recht gehabt?" Triumphierend hatte Fräulein Liebig gesprochen und zum Schluss ihrer Rede ihren rechten Zeigefinger erhoben. Peter Halden wusste nicht recht, ob er weinen oder lachen sollte. Doch schnell genug erfasste er die Situation. „Gnädiges Fräulein, Sie sehen mein entsetztes Gesicht und müssen entschuldigen, wenn ich ihre Kombination für falsch erklären muss. Ich bin ganz und gar kein Polizist, sondern schlicht und recht ein Ingenieur. Hier ist mein Personalausweis, wenn Sie das beruhigt. Aber Sie werden verstehen, wenn ich Sie nun nochmals frage. Was ist mit meinem alten Kriegskameraden Alois Webbs? Wieso steht er in direktem Zusammenhang mit der Kriminalpolizei?"

„Sie, Sie sind also kein Kriminalbeamter? Oh, da bin ich ja schön schief gelandet. Aber, ich hätte schwören können. Nun, was Ihren Freund betrifft, ich weiß auch sehr wenig. Es stimmt, dass er bis kurz nach dem Krieg hier ein sehr gutgehendes Juweliergeschäft unterhielt. Dann kam eine sehr undurchsichtige Sache mit der Polizei. Ich glaube, es stimmte irgendetwas nicht mit seinen Edelsteinen und seinen Perlen, die er so unter der Hand verkaufte. Na, ja, die Versuchung ist auch zu groß für einen so armen Kerl. Ich kannte ihn ganz gut, denn ich hatte hier neben seinem Haus auf einem Trümmergelände eine kleine Bude, in der ich Laufmaschen aufnahm. Er gab mir oft ein bisschen zu essen und zu brennen. Er war im Grunde eine gute Seele, aber er spielte mit dem Feuer. Er wurde verurteilt und saß seine Strafe ab. Hier in Feldbruck war er erledigt, das können Sie sich vorstellen. Er wohnt heute in Kleinhansen, etwa zwanzig Kilometer von hier. Er hat wieder ein kleines Geschäft. Wenn Sie hinkommen, grüßen Sie ihn bitte von mir."

„Ich danke Ihnen für Ihre Auskunft. Es tut mir leid um den guten Webbs. Na, mal sehen, vielleicht kann man ihm wieder unter die Arme greifen."

„Ach, der geht schon nicht ganz unter!" meinte Fräulein Liebig, als sie ihren Gast verabschiedete.

Peter Halden beschloss, sich zunächst einmal vernünftig satt zu essen. Der nächste Bus nach Kleinhansen fuhr in zwei Stunden.

Kleinhansen war ein winziges Städtchen, dicht gedrängt standen die kleinen sauberen Häuschen um den roten Zwiebelturm der weißen Kirche. Als Peter Halden aus dem Wagen kletterte, fragte er einen Fahrgast, der mit ihm zusammen ausstieg, nach dem Haus von Alois Webbs.

„Zum Webbs wollen Sie? Ja, der wohnt hier. Dort, die erste Straße rechts herein und dann das dritte, nein, das vierte Haus auf der linken Seite. Sie werden's schon erkennen, ein kleines Schaufenster und seinen Namen an der Tür können Sie nicht verfehlen.

Peter Halden fand alles so, wie der Mann gesagt hatte. Das kleine Schaufenster sah er schon von weitem. Es war ein kleines Haus, ein paar Jahrzehnte älter mochte es sein als die übrigen Häuschen in der Straße. Es schien alles ein wenig angestaubt, nicht schmutzig, sondern angestaubt durch die Zeit und die Vergangenheit.

Die Tür öffnete sich schwer, ein altmodisches Glockenspiel setzte sich in Bewegung, und der letzte Ton hing noch sekundenlang in der Luft. Es war ein kleiner Laden, dessen Wände bis an die Decke mit Regalen verdeckt waren. Eine kleine Tonbank stand mitten im Raum, ihre dicke Glasplatte war dicht an dicht verschrammt, und ihre Oberfläche erschien nunmehr stumpf und hellgrau. Es war dunkel im Laden, die Sonnenstrahlen drangen nicht bis hierher. Ein Ticken von den unzähligen Uhren, die auf den Regalen standen, erfüllte die Luft. Sie mahnten an den Fortschritt der Zeit und mussten einen Menschen, dem die Zeit unter den Fingern brennt, nervös und unsicher machen.

Peter Halden drehte sich suchend herum. Nirgends eine Menschenseele.

„Hallo, ist hier niemand?" Er hatte diese Worte noch kaum beendet, als er auf der gegenüberliegenden Seite des Ladens eine Tür gewahrte, die sicher zu den Wohnräumen führte. In der Tür jedoch, etwa in halber Höhe, befand sich ein kreisrundes Loch, wie eine Kastanie groß. Und hinter dem Loch sah er ganz deutlich, wie ein starres, stechendes Auge ihn beobachtete. Unbeweglich war das Auge auf ihn gerichtet. Dann verschwand es plötzlich, und kurz darauf öffnete sich die Tür.

Ein altes, dürres Männlein erschien. Sein buschiges weißes Haar hing ihm etwas ungepflegt und zerzaust ins Gesicht. Eine runde Nickelbrille und die unzähligen Falten auf der Stirn und dann den Schläfen ließen ihn sehr alt erscheinen. Seine lange, etwas gebogene Nase erinnerte überdies an einen gefährlichen Raubvogel.

Die meckernde Stimme des Alten zerriss das bedrückende Schweigen. „Mein Herr, was verschafft mir die Ehre?" Wünschen der Herr vielleicht eine moderne Armbanduhr, ich habe ausgezeichnete Stücke hier und dazu sehr preiswert."

„Nein, danke. Sagen Sie, sind Sie, sind Sie Herr Webbs? Alois Webbs?"

„Gewiss, der Herr. Mein Firmenschild hängt draußen vor der Tür."

„Alois, Junge, Dich hätte ich kaum wiedererkannt! Mein Name ist Halden, Peter Halden!"

„Peter Halden? Sie müssen schon entschuldigen, aber ich kann mich beim besten Willen nicht mehr erinnern."

„Mensch, Alois, damals 1943, als wir uns mit Partisanen herumschlagen mussten, da saßen wir Tag für Tag beisammen. Du hattest meine Uhr repariert. Und dann später könne ich dir einmal einen Dienst erweisen. Hast Du alles vergessen?!"

Der Alte starrte lange Zeit auf sein Gegenüber, und auf seinen Lippen spielte ein leichtes ironisches Lächeln.

„Die Zeit der Vergangenheit gehört nicht in die Gegenwart, Halden. Vergiss nicht, dass die Vergangenheit schrecklich ist, immer schrecklich sein wird, denn sie erinnert uns an unsere Fehler. Und ich hasse Fehler. Du bist also Peter oder Stummel, wie wir immer sagten, weil Du so jung warst. Wie geht es Dir? Sicher besser als dem alten Webbs. Aber, ich bin jetzt auch glücklich, Peter. Sehr glücklich sogar. Komm' aber jetzt nach nebenan."

Er führte ihn in ein kleines Zimmerchen, das sein Wohn-, Arbeits- und gleichzeitig Schlafzimmer zu sein schien. Es war sauber und verriet in der Einrichtung, in den Bildern und sonstigen Schmuckstücken etwas wie Wohlstand. Ein Überrest einer guten alten Zeit.

„So, jetzt aber raus mit der Sprache, Peter, was führt Dich zu mir und wie hast DU überhaupt hergefunden?"

„Ich war bei der alten Adresse, Webbs, aber fand dort nichts von einem Juwelier. Zufällig ging ich in das Geschäft, in welchem ein Fräulein Liebig Filialleiterin ist. Sie erzählte, dass Du hier wohnst."

„Hat Sie noch mehr erzählt?" Der Alte hob dabei merklich den Kopf.

„Ja, sie schien nichts Genaues zu wissen über das Warum und Weshalb, und ich wollte auch gar nicht mehr wissen. Übrigens lässt sie Dir die besten Grüße ausrichten."

„Danke, aber nun zu Dir! Was soll ich tun?"

„Webbs, Du hast mir einmal gesagt, dass Du immer für mich da sein würdest, wenn ich Dich brauchen könnte. Jetzt ist es soweit. Frage nicht, sondern sieh' her! Diese Steine habe ich in Verwahrung, sage mir wie wertvoll sie sind."

Damit hatte Peter Halden das Seidenpapier auseinandergewickelt, und die 68 Steine funkelten ihnen entgegen. Wie elektrisiert war Webbs aufgesprungen und beugte sich nun tief über die Diamanten. Er hatte sich eine Lupe ins Auge geklemmt und betrachtete jeden einzelnen von allen Seiten. Zuerst und auch am weitaus am längsten prüfte er den größten Stein, der sich auch hier auf dem kleinen Tisch des halbdunklen Raumes durch seine kristallgrünen Strahlen von den anderen unterschied.

„Warte, ich hole eine Waagschale, ich will sie wiegen. Den Großen gib mal her, den will ich lieber näher untersuchen."

Peter Halden verstand nichts von Edelsteinen, und dennoch hockte auch er gespannt über den Steinen, bis Webbs nach einiger Zeit wieder erschien. Er ging noch einmal Stein für Stein durch, nahm dann seine kleine Lupe vom Auge und lehnte sich zurück. Er atmete tief und schnalzte leicht mit der Zunge.

„Nun, was ist?!" Ungeduldig hatte Peter Halden die ganze Untersuchung verfolgt.

„Peter Halden, Du hast vorhin gesagt, ich sollte nicht fragen, und ich werde nicht fragen. Denn ich weiß, wie unangenehm Fragen sein können. Ich sollte schätzen, wie viel der Salat da vor mir wert ist. Ich habe es getan, aber dabei zwei Ergebnisse erzielt. Sieh' mal Peter, wenn Du beispielsweise ein Krösus wärst, dann würde ich sagen, die Steine hier verkörpern einen Wert von etwa drei Millionen. Wenn Du jetzt aber ein einfacher Mann wärst, der sich sein Brot redlich verdient, und der sich schon mächtig einschränken muss, wenn er einmal eine große Anschaffung machen will, dann würde ich sagen, die Steine hier haben überhaupt keinen Wert. Wirf sie fort, würde ich sagen, möglichst weit fort. Das würde ich sagen, Halden!"

„Ich verstehe das alles nicht. Die Steine haben einen un-geheuren Wert und trotzdem sind sie wertlos?"

„Was willst Du beispielsweise mit einem goldenen Man-tel, der Dir nicht gehört, dem DU einen anderen fort-genommen hast? Er ist wertlos, denn Du könntest ihn nicht tragen, da man Dich gleich fassen würde? Ist es nicht so?"

„Willst Du damit sagen, dass dieser Schmuck…"

„Ich will gar nichts sagen, denn ich weiß nicht, ob Du ein Krösus bist oder ein einfacher Mann, Halden. Genau weiß ich aber, dass ich kein Krösus bin und somit für mich diese ganze Pracht wertlos ist wie ein zerbrochener Krug. Dies glitzernde Feuer auf meinem Tisch ist sogar für mich armen Schlucker so gefährlich, dass es meine ganze Bude hier in Flammen hüllen könnte, um mich darin zu ersticken. Sei mir nicht böse, Halden. Ich habe Dir gesagt, was ich konnte. Ich bitte Dich jetzt, mich zu verlassen. Solche Aufregung ertragen meine Nerven nicht mehr. Mach's gut, Peter, und Dank für Deinen Be-such!"

„Ich danke Dir, Webbs, denn ich weiß, was ich zu tun habe! Leb' wohl, Webbs!"

Hastig schritt Halden durch den Laden und ein stechen-des Auge beobachtete ihn, bis er die Tür hinter sich ge-schlossen hatte.

- *Kapitel 7* -

Die Uhr schlug schwer und behäbig elfmal. Noch immer brannte das Licht in der Stube. Gitta strickte an einem Paar Handschuhe für den Vater. Der alte Ambrunner hockte auf der holzgeschnitzten Eckbank und hatte die Beine weit von sich gestreckt. Er rauchte.

„Willst Du nicht schlafen gehen, Vater? Es ist schon spät." „Ich verstehe das nicht, jetzt ist er immer noch nicht zurück. Es beunruhigt mich. Ich gehe nicht eher schlafen, bis er da ist." „Er wird schon kommen", sagte Gitta, die sich im Stillen auch schon mehr als einmal gefragt hatte, weshalb Peter heute so lange ausblieb. „Vielleicht hat er so viel geschäftlich zu erledigen, dass er erst morgen wiederkommt. Aber dann hätte er sicher etwas gesagt." „Er hat gar nichts Geschäftliches zu erledigen. Rede nicht solch' einen Unsinn. Ich habe ihn nach Feldbruck geschickt, um für mich eine Besorgung zu machen."

„Ja, aber, was soll denn dort schon zu besorgen sein?"

„Das geht Dich nichts an, Gitta. Ich möchte, dass Du jetzt ins Bett gehst. Los, Gitta, morgen ist wieder früh Tag!"

Gitta packte ihre Sachen zusammen und wollte sich gerade entfernen, als die Vordertür aufgestoßen wurde und mit einem Knall wieder zuflog. Wer konnte das sein? Weder Peter noch der Maler, welcher bis spät im Wirtshaus saß, würden mit solch' einem Krach ins Haus kommen. Schritte näherten sich der Wohnzimmertür, und dann fiel der Schein der Stehlampe auf eine Gestalt im Türrahmen, die blass und nach Atem ringend in die Stube starrte. Es war Peter Halden. Gitta stieß einen Schrei aus und stürzte auf ihn zu. Sein Mantel war eingerissen und schmutzig, seine Haare hingen unordentlich über sein bleiches Gesicht und seine Lippen zitterten.

„Herr Ambrunner", keuchte er „kommen Sie, ich muss mit Ihnen sprechen."

In diesem Augenblick trat der Maler Gripps ins Zimmer. Er hatte, wie fast an jedem Abend, im Wirtshaus eine zünftige Runde Skat gespielt und war bester Laune, da er wieder einmal gewonnen hatte. „Ach da ist ja der Glückspilz! Wenn Sie mein Missgeschick schon erfahren haben sollten, dann ist das zumindest ein schlechter Witz, den Sie sich erlauben!", fuhr ihn Peter an, und auch der Alte sah ihn so herausfordernd an, dass sich Gripps gezwungen sah, schnell eine Erklärung zu geben.

„Ich verstehe gar nichts mehr. Eben sitze ich im Wirtshaus und da kommen zwei dicke und ebenso reiche Herren herein, die mit einem nagelneuen amerikanischen Wagen vorgefahren waren. Sie setzen sich an unseren Nebentisch und wir kommen ins Gespräch. Dabei erzählen sie, dass sie in Feldbruck zufällig einen Ingenieur Halden getroffen hätten, der hier in Hirsching wohnt. Sie hätten zusammen zu Mittag gegessen und beschlossen, eine Tagestour durch die Berge zu machen, und der Ingenieur hätte sich angeboten, ihnen die schönsten Plätze zu zeigen. Nun, da seien sie zu dritt losgefahren und hätten sich einen herrlichen Tag gemacht. Das eine muss man ja sagen, der Herr Halden scheint sich als Fremdenführer ausgezeichnet zu machen, jedenfalls schwärmten die beiden mächtig von seiner Ortskenntnis."

Peter Halden hatte mit verständnislosem Staunen den Redeschwall über sich ergehen lassen und fasste sich mit beiden Händen an den Kopf. „Das ist doch alles Wahnsinn!" Das war alles, was er hervorbringen konnte.

„Wieso, sind Sie denn überhaupt nicht mit Bus und Bahn gefahren?", fragte der Alte, der sich ebenfalls krampfhaft bemühte, zumindest annähernd die Situation zu erfassen.

„Doch, ich bin mit Bus und Bahn gefahren" antwortete Peter und bat den Alten, mit in sein Zimmer zu kommen.

Der Maler wünschte allen, ganz besonders aber Gitta, eine gute Nacht und schloss seine Zimmertür von innen ab.

Auch Gitta hielt es für besser, wenn sie jetzt zu Bett gehen würde, obgleich sie wusste, dass sie doch nicht einschlafen konnte. Der alte Ambrunner und Peter Halden waren nun allein. Peters Kopf brummte, als ob er eine Nacht durchgefeiert hätte. „Nun, wo sind die Steine? Was hat Ihr Freund gesagt!?!" Der Alte konnte nur mit Mühe seiner Stimme einen annähernd ruhigen Ton geben. „Mein Freund sagte, dass sie sehr wertvoll seien, aber für uns wertlos."

„Reden Sie keinen Quatsch, Mann! Wertvoll und wertlos, so etwas gibt es nicht. Wo sind sie?"

„Herr Ambrunner, ich habe die Steine nicht mehr!"

Ein Keulenschlag hätte den Alten nicht mehr in sich zusammenfahren lassen. „Was sagen Sie?! Sind Sie von Gott und allen guten Geistern verlassen?! Wo sind sie, frage ich?!"

„Die Steine sind weg. Ich weiß nicht wo. Ich will versuchen, Ihnen das zu erklären. Bitte, unterbrechen Sie mich nicht, Herr Ambrunner. Also, ich habe meinen Freund getroffen und bin mit den Steinen in der Tasche nach Haus gefahren. Soweit war alles, jedenfalls äußerlich, in Ordnung. Da mein Freund jedoch inzwischen nach Kleinhansen verzogen war, hatte ich einen viel zu späten Zug erwischt, der nicht mehr den Anschluss zum letzten Bus erreichte. Damit nahm das Unheil seinen Anfang. Ich beschloss, zu Fuß hierher zu gehen. Es sind ja nur etwa zwei Stunden zu gehen. In der linken Tasche trug ich die Steine, in der rechten den Revolver. Es war schon dunkel, aber die Sterne und der Mond leuchteten am Himmel, so dass man gut die Umrisse der in der Nähe stehenden Bäume und Sträucher erkennen konnte. Es kam kein Auto, das mich hätte mitnehmen können. Nur zweimal kam mir ein Wagen von vorn entgegen. Sonst war die Landstraße wie ausgestorben. Ich pfiff irgendein Lied und war etwa bis zu der langen Pappelallee gekommen, die zur Kapelle am Berg führt, als ich glaubte, einen leichten Pfiff gehört zu haben. Ich konnte das natürlich nicht genau sagen, da ich selbst geflötet hatte. Aber dann sah ich, etwa zwanzig Schritte weiter, ganz deutlich, wie sich hinter einem Strauch eine Hand hob. Ich fasste meinen Revolver fester und als ich die Stelle erreicht hatte, bog ich die Zweige des Strauches auseinander. Es war nichts zu sehen. Doch dann, als ich mich noch ein wenig weiter nach vorn überzeugte, umklammerten mich von hinten zwei Fäuste. Die Arme wurden mir wie im Schraubstock zusammengepresst, und ein anderer drückte mir einen nassen scharf riechenden Lappen ins Gesicht. Ich fühlte, wie mich die Kräfte verließen. Das letzte, was ich weiß, ist das Gefühl, dass ja alles egal sei. Wie lange ich so gelegen hatte, weiß ich nicht. Mit rasenden Kopfschmerzen kam allmählich wieder zur Besinnung und wankte auf die Straße. In diesem Augenblick näherte sich von weitem ein Wagen. Es waren die Amerikaner, von dem Gripps erzählte. Ich winkte, und sie nahmen mich mit. Ich erzählte nichts von dem Überfall, sondern sagte, mir sei schlecht geworden. Das ist die ganze Geschichte. Die Steine und mein Revolver sind weg."

Der Alte hatte Peter Halden ausreden lassen. Nur bisweilen zuckte sein linkes Augenlid nervös, ein Zeichen, dass sich in seinem Innern Wut und Verzweiflung austobten. „So, das ist die ganze Geschichte! Ich muss schon sagen, Halden, eine saubere Geschichte! Einfach sonnenklar, Sie armer Überfallener Sie!"

Die letzten Worte hatte er ihm entgegen geschrien und stand jetzt drohend vor Peter Halden, der immer noch bleich aber entschlossen den blitzenden Augen Alten standhielt. Er wollte gerade wieder etwas sagen, als der Alte sich ruckartig umdrehte und den Raum verließ.

„Sie sollen mich kennenlernen, gemeines Pack!"

Damit fiel die Tür ins Schloss. Peter war allein und befahl sich selbst an nichts mehr zu denken und zu schlafen.

Angezogen warf er sich aufs Bett und war nach wenigen Sekunden in tiefstem Schlaf versunken. „Es ist alles egal", redete er halblaut im Traum.

- *Kapitel 8* -

„Einen wunderschönen Guten Morgen!" Mit freundlich lächelndem Gesicht stieg Amadeus Gripps die letzten Stufen der Treppe herab und trat in die Küche ein, wo er den Alten und Gitta bereits beim Morgenkaffee sitzen sah. „Oh, es scheint mir, dass ich mich etwas verspätet habe. Ich bitte um Verzeihung. Aber, wie ich sehe, bin ich immerhin noch nicht der allerletzte." Dabei zeigte er auf den leeren Platz, auf dem sonst Peter Halden zu sitzen pflegte.

Amadeus Gripps wollte gerade weiter plaudern, als ihm die unheimliche Ruhe auffiel, die im Raum herrschte. Der Alte hatte auf die Worte des Eintretenden nur undeutlich gemurmelt, während Gitta mit gesenktem Kopf dasaß und überhaupt keinen Laut von sich gab.

Unwillkürlich fasste sich Amadeus Gripps an den Kragen, was er immer zu tun pflegte, wenn die Situation brenzlig zu werden schien. Hier war dicke Luft, das war ihm klar. Und da Haldens Stuhl noch leer stand, schien er der Anlass dieser Gewitterstimmung am frühen Morgen zu sein. Am besten ist, man fängt einfach von der Quelle allen Übels zu sprechen an, dachte Gripps und fragte voll Anteilnahme: „Unser lieber Halden ist doch wohl nicht krank? Das möchte ich ihm nun wirklich nicht wünschen."

Das letzte Wort hatte er kaum ausgesprochen, als die Faust des Alten schon auf den Tisch krachte und er mit zitternder Stimme schrie: „Seien Sie ruhig! Ich will den Namen nicht mehr hören! Ich könnte den ..." Weiter kam er nicht, Gitta hatte ihre Arme um seinen Hals geschlungen und weinte. Der Alte war verstummt und sah starr vor sich nieder. Amadeus Gripps rieb wieder an seinem Kragen und schien nichts von alledem zu begreifen. Er war aufgestanden und suchte krampfhaft nach irgendeiner Möglichkeit, hier zu helfen und die Lage und die Gemüter zu beschwichtigen.

Aber Gitta hatte sich bereits wieder in der Gewalt. „Nehmen Sie es Vater bitte nicht übel, Herr Gripps. Er ist heute sehr nervös, er hat schlecht geschlafen."

„Oh, Sie brauchen sich keineswegs zu entschuldigen, Fräulein Gitta. Nur eines wollte ich noch sagen. Wenn Sie, Herr Ambrunner, und Sie Fräulein Gitta, irgendeinen Menschen brauchen, der Ihnen gut gesinnt ist und alles daransetzt, Ihnen zu helfen, so wenden Sie sich an Gripps, Amadeus Gripps, bitte sehr. Das war's und jetzt ein bisschen Frohsinn. Was nützt schon ein ärgerliches Gesicht."

Gitta hatte dem Gerede des Malers dankbar und ein wenig belustigt zugehört, denn er pflegte, wenn er etwas verlegen war, stets mit Händen und Füßen zu reden. Heute schien er sehr verlegen. Aber Gitta fand den kleinen immer fröhlichen Gripps gerade dann besonders nett und natürlich. Auch der Alte hatte sich besonnen und mit einem „Na, gut!" erhob er sich, um an die Arbeit auf dem Hof zu gehen.

„Was war denn nun eigentlich los?", erkundigte sich Amadeus Gripps bei Gitta, als der Alte das Haus verlassen hatte. „Oder dringe ich da in tiefste Familiengeheimnisse ein? Nur, ich finde, wenn man weiß, um was es sich dreht, dann kann man doch helfen."

Gitta hatte die Blumenvase vom Tisch genommen, während Gripps sprach, denn er ruderte mit den Armen durch die Luft, dass einem angst und bange werden konnte, zumindest um die Vase.

„Ich weiß es auch nicht, Herr Gripps" antwortete Gitta. „Gestern Abend fing es an, als Herr Halden zurückkam. Er sah bleich und, ich glaube sogar, krank aus. Was im Einzelnen passiert ist, weiß ich nicht. Sie müssen ja auch von Ihrem Zimmer aus gehört haben, wie mein Vater sich mit ihm gestritten hat. Ich hörte meinen Vater nur schimpfend herunterkommen. Er hat dann fast die ganze Nacht nicht geschlafen, er ging immer auf und ab in seinem Zimmer, so dass ich schon ein paarmal drauf und dran war, zu ihm hinüberzugehen. Aber er kann dann wahnsinnig zornig werden. Wenn ich nur wüsste, was Herr Halden für meinen Vater in Feldbruck sollte. Es muss irgendetwas schiefgegangen sein."

„So, so, Ihr Herr Vater hat Peter Halden nach Feldbruck geschickt, das ist in der Tat sehr merkwürdig. Also, wissen Sie, es geht mich im Grunde genommen ja gar nichts an, aber ich möchte doch, dass in diesem ehrwürdigen alten Hause kein Unfriede herrscht, und ich möchte Ihnen doch helfen, Fräulein Gitta. Darum bitte ich Sie, dass Sie mir erlauben, mich in diese ganze Sache so ein bisschen einzumischen, Das Wichtigste ist zunächst, dass ich mir einmal den 'Stein des Anstoßes', wenn ich so sagen darf, ansehe. Ich werde jetzt zu Herrn Halden aufs Zimmer gehen und mich erkundigen, ob er krank sei."

„Um Gottes willen! Glauben Sie, dass er schwer krank ist?" unterbrach ihn Gitta mit einem ängstlichen Ausdruck in den Augen, der aber sogleich verschwand, da Gripps nicht anders konnte, als über diese impulsive Frage zu lächeln.

„Das glaube ich nun ganz und gar nicht, verehrtes Fräulein, aber was soll ich denn sagen, wenn ich plötzlich in sein Zimmer einbreche?"

Gripps stieg die kurze Treppe hinauf und lauschte, den Kopf ein wenig vorgebeugt, an der Tür zu Haldens Zimmer. Als nichts zu hören war, klopfte er dreimal ganz behutsam. Wieder neigte er seinen Kopf ein wenig zur Seite, aber drinnen blieb alles still. Gitta stand am unteren Ende der Treppe und sah hinauf. Gripps wandte sich ihr zu, hob die Schultern und schien zu sagen, dass er gar nichts mehr verstehe. Er klopfte erneut, diesmal heftiger. „Was ist?" ließ sich daraufhin eine ärgerliche Stimme undeutlich vernehmen. Gripps hob den linken Zeigefinger und öffnete mit der anderen Hand die Tür, ohne auch nur abzuwarten, ob sein Besuch überhaupt angenehm war.

Peter Halden lag, immer noch halb angezogen, ausgestreckt auf einer Art Couch, die an einem Ende seines Zimmers aufgestellt war und dem Raum etwas Gemütliches verlieh. Als er den kleinen eigenartigen Maler in sein Zimmer ohne Aufforderung eintreten sah, richtete er sich halb auf und wollte gerade, seiner augenblicklichen Gemütsverfassung entsprechend, mit unmissverständlichen Worten den Eindringling hinauskomplimentieren, als Amadeus Gripps schon die Situation gerettet hatte, indem er den blass aussehenden Peter Halden bereits mit einem wahren Wortschwall überschüttete.

„Einen schönen guten Morgen, zunächst. Sie wollen schimpfen, ja, doch, ich sehe es. Und Sie hätten auch Recht, denn ich würde sicherlich ebenfalls aus der Haut fahren, wenn man mich am frühen Morgen überfällt, ohne zu warten, bis ich „Herein!" gesagt habe. Aber in diesem Fall ist es etwas anderes, ich möchte sagen, etwas grundlegend anderes, Herr Halden. Sie sehen mich erstaunt an? Nun, ich bin hier nicht als Eindringling, sondern als Ihr Zimmernachbar, als ein Mensch bei einem anderen Menschen, verstehen Sie, sozusagen als Freund bei einem Freund. Langer Rede kurzer Sinn, ich bin hier, um mich zu erkundigen, ob sie sich wohlfühlen, oder ob Sie vielleicht krank sind?"

„Wie kommen Sie darauf, was soll überhaupt der ganze Zirkus? Ich habe das Gefühl, in diesem Haus in einen Irrenstall geraten zu sein!" Peter Halden hatte sehr schnell gesprochen, und es gelang ihm nicht, seinen Ärger zu verbergen.

„Nun man immer mit der Ruhe, Herr Halden. Wie ich darauf komme ist ganz einfach. Schließlich waren Sie heute Morgen nicht zum Frühstück. Aber lassen wir das. Ich bin jedenfalls beruhigt, dass Sie nicht sterbenskrank sind und dass ich Ihretwegen nicht den Arzt holen muss. Haben Sie eigentlich heute Morgen schon einmal aus dem Fenster geschaut, Herr Halden?"

„Was soll ich ausgerechnet heute Morgen aus dem Fenster schauen? Ist da etwa ein Weltwunder geschehen? Ich habe zu so etwas keine Zeit und auch keine Lust, das könnt Ihr göttlichen Künstler ja zur Genüge tun!"

„Ich habe es auch getan, Herr Halden. Und ich habe ein Weltwunder gesehen."

„Quatschen Sie nicht, Mann. Jetzt reicht mir der ganze Spuk bald! Wie heißt denn Ihr herrliches Weltwunder?"

„Sonne. Ein kurzes Wort, nicht wahr? Aber das ist das Wunder, und wer ihre Geburt am Morgen miterlebt, der findet sich gestärkt und geläutert für den ganzen Tag."

„Sagen Sie mal, Gripps, sind Sie nun eigentlich Maler oder Pfarrer?" Peter Halden hatte sich jetzt ganz aufgerichtet und schien sich trotz seiner schlechten Laune über den vor ihm stehenden kleinen Gripps zu belustigen.

„Ach, Gripps, Sie haben es gut, ohne es vielleicht im vollen Maße zu wissen."

„Warum sollte ich es besser haben als Sie, Herr Halden? Ich male oft tagelang und weiß am Ende nicht, ob ich das Bild jemals werde verkaufen können. Sie sitzen aber da, verrichten ihre Arbeit und brauchen sich um Ihre Bezahlung nicht zu kümmern."

„Das stimmt, alles, Gripps. Aber Sie haben uns allen etwas ganz Wichtiges voraus, Sie sind frei. Ihnen ist es egal, ob sie heute hier und morgen dort arbeiten. Aber wir, wir sitzen fest und können uns nicht rühren. Uns ist der Raum genau begrenzt, so wie einem Tier, dessen Welt am Drahtzaun seines Käfigs endet."

„Sind Sie denn nicht zufrieden mit Ihrem Käfig, wie Sie es eben bezeichneten?"

„Nein! Das bin ich ganz gewiss nicht. Ja, gestern, da war ich es vielleicht - es ist schon sehr lange her. Gestern und heute - ein Unterschied wie von einem Leben zum anderen."

„Entschuldigen Sie, Herr Halden, es geht mich natürlich nichts an, aber wenn ich Sie heute Morgen so sehe … Also wenn ich nicht wüsste, dass Sie es wirklich sind, ich würde es kaum glauben. Ich sage mir selbstverständlich, dass so etwas nicht von ungefähr kommen kann. Entschuldigen Sie meine Offenheit. Haben Sie sich etwa mit unserer guten Gitta erzürnt?"

„Was reden Sie da eigentlich für einen Blödsinn! Mit Gitta erzürnt? Kann man sich eigentlich mit Gitta erzürnen? Nein, nein, mein Lieber. Gitta ist in dieser ganzen Gegend ein Edelstein, der nach meiner Meinung hier gar nicht her passt. Sie kommt aus einer anderen Welt als diese Grenzer und doch … Na, es ist eben vorbei und hatte noch nicht einmal begonnen. Das ist ein herrliches Fazit, nicht wahr? Und an allem ist nur der Alte Schuld. Ich habe keine Sekunde gezögert, ihm zu helfen, es war von vornherein ein gefährliches Unternehmen. Ich ging das Risiko ein und habe verloren. Die Steine sind weg und ich haue auch ab. Undank ist der Welt Lohn, sagt man so schön. Ich hab es am eigenen Leibe erfahren. Nur schade um Gitta. Aber auch die hätte er nicht zur Oberschule nach Feldbruck geschickt, wenn ihre Mutter es nicht auf ihrem Totenbett noch gewünscht hätte. Aber die hätte er hier in sein undurchsichtiges Grenzbauernleben verstrickt. Die Grenze, mein lieber Gripps, scheint mir der gefährlichste Gegner der Ehrlichkeit zu sein."

Amadeus hatte mit offenem Mund dem Sinn der Worte nur schwer folgen können. Das schien über seinen Verstand zu gehen. Er glaubte am Rande des Wahnsinns zu stehen. Hatte Halden nicht eben etwas von Steinen geredet? Er durfte jetzt nicht die Nerven verlieren. Nur jetzt richtig antworten, am besten ist der Angriff, und so stellte Gripps zunächst eine harmlos scheinende Frage.

„Aber warum verzweifeln, Herr Halden? Das Leben hat natürlich sehr viele Überraschungen bereit, darunter leider auch einige unliebsame. Das besagt aber nicht, dass man diese Dissonanzen des Lebens nicht in wohlklingende Akkorde umstimmen könnte, wenn ich einmal in musischen Worten sprechen darf. Es bleibt in ihrem Fall nur eine Frage zu klären, nämlich, wer Ihnen die Diamanten gestohlen hat. Es muss jemand gewesen sein, der Ihren Weg genau kannte und auch die Bedeutung der Steine wohl einzuschätzen wusste? Haben Sie einen geringsten Anhaltspunkt? Wer wusste überhaupt etwas davon, dass der Alte Sie mit den Diamanten nach Feldbruck geschickt hat?"

„Soweit ich weiß, keiner. Aber ..." Peter Halden stutzte und blitzte den kleinen Maler mit seinen tiefblauen Augen durchdringend an.

„Aber, wer hat Ihnen denn gesagt, dass mich der alte Ambrunner mit einer Ladung Diamanten nach Feldbruck geschickt hat?! Ich fragte, Sie wer hat Ihnen das erzählt, Herr Gripps!?"

Peter Halden war dicht an Gripps herangetreten und

machte ein so entschlossenes Gesicht, dass der kleine Gripps unwillkürlich ein paar kleine Schritte zurückging, ohne jedoch sein Lächeln zu verlieren.

„Aber, Herr Halden! Gerade eben haben Sie mir selbst den ganzen Zusammenhang erzählt und nun machen Sie mir Vorwürfe, dass ich Ihre eigenen Worte wiederhole! Ich versteh die Welt und dies ganze Theater allmählich nicht mehr!"

„So, so, ich habe es Ihnen selbst erzählt." Peter Halden hart sich wieder auf einen Stuhl fallengelassen und streckte die Beine von sich. „Es ist auch alles egal. Nachdem ich meinen Freund Webbs verlassen hatte, beschlich mich schon die ganze Zeit so ein komisches Gefühl. Na, es hat mich ja auch nicht betrogen."

„Sprachen Sie eben von dem Juwelier Webbs aus Feldbruck?"

„Ja, kennen Sie ihn? Er ist ein Kriegskamerad von mir, er wohnt nicht mehr in Feldbruck, sondern in Kleinhansen. Woher kennen Sie ihn?" „Ich kenne ihn nicht persönlich. Ich weiß nur, dass er in Feldbruck ein großes Geschäft hatte." „Ja, aber die Zeiten ändern sich manchmal sehr stark. Aber nun muss ich Ihnen doch danken, Herr Gripps. Ich weiß nicht aus was für einem Grunde, aber irgendwie fühle ich mich jetzt etwas erleichtert. Ich werde jetzt an die Arbeit gehen. Ich danke Ihnen für den Besuch, er war sehr aufschlussreich insofern, als ich wenigstens einmal meinen Zimmernachbarn etwas näher kennengelernt habe."

„Herr Halden, ich bin froh, dass Sie endlich die Stumpfsinnigkeit überwunden haben. Wenn ich Ihnen helfen kann, bin ich immer bereit. Im Übrigen schweige ich genauso wie Sie. Leben Sie wohl."

Unten im Vorraum traf Gripps Gitta, die dort immer noch gewartet zu haben schien.

„Alles in Ordnung, Fräulein Gitta! Was der Gripps anpackt, ist nie verloren. Ich will heute eine größere Spazierfahrt ins Grüne machen. Ich bin heute Abend zurück. Adieu!"

Schon war er draußen und in einigen Minuten verließ sein kleiner Wagen mit lautem Getöse und einer dicken Staubwolke den Ambrunner-Hof.

- *Kapitel 9* -

Etwa eine halbe Stunde später, es war schon gegen zehn Uhr, kam Peter Halden die Treppe herunter. Gitta konnte ihn durch die halb geöffnete Küchentür beobachten. Er stand im Vorraum und schien mit sich selbst nicht einig, ob er noch in die Küche hereinschauen oder gleich an die Arbeit gehen sollte. Die Pflicht schien gesiegt zu haben, denn er wandte sich entschlossen der Tür zu, die zum Hof führte und ging in Richtung des Grenzwaldes davon.

Gitta stand noch eine ganze Weile am offenen Küchenfenster, obgleich Peter Halden ihren Blicken bereits entschwunden war. „Was für ein eigenartiger Mensch? Er ist gut und feige, denn er wagt keine Aussprache. Doch warum nicht, was kann ihn davon abhalten?" Diese Frage stellte sich Gitta, als sie an Peter Halden dachte. Sie konnte sie nicht beantworten. Nur eines wusste sie ganz bestimmt, nämlich, dass Peter Halden unglücklich war, unglücklicher vielleicht als ihr Vater. Doch wie sollte sie ihm helfen? Sie wusste es nicht, genau so wenig wie sie eine Möglichkeit sah, ihrem Vater zu helfen. Keiner hatte Vertrauen zu ihr gehabt. Sie war ein wenig enttäuscht, aber von einer unabdinglichen Entschlossenheit beseelt, von sich auszuhelfen. Peter war in den Grenzwald gegangen. Sie wusste, wo er seine Messungen durchführte. Sie hatte ihn einmal, ohne dass er es wusste, bei seiner Arbeit auf der Lichtung beobachtet. Ihr Vater war heute Morgen in den Wald gegangen. Er würde vor heute Abend nicht zurück sein. Sie kannte das seit Jahren. Er streifte durchs Revier und überprüfte den Bestand. Und wenn er dann abends nach Haus kam, sprach er stets von „meinem Bestand" und von „meinen Rehen, Gämsen oder Hasen".

Gitta band die Schürze ab und beschloss, einen kleinen Spaziergang zu machen, um, wie sie sich selbst als Rechtfertigung sagte, frische Feldblumen für die Stube zu pflücken. Ihre ernsten und traurigen Gedanken schienen wie verscheucht, als sie in den strahlenden Morgen hinaus auf den Hof trat. Mit schnellen und doch fast tänzerisch leichten Schritten eilte sie den etwas ansteigenden Weg hinauf, der zum Grenzwald führt.

Sie war vielleicht eine Viertelstunde gegangen, als sie die Lichtung erreichte. Sie war schnell gegangen und stand jetzt tief atmend am Rande der Lichtung. Ihre Eile schien nicht belohnt zu werden. Von einem Ingenieur Peter Halden war weit und breit keine Spur zu sehen. Sie konnte nicht sagen, ob sie traurig oder ärgerlich war, auf jeden Fall gefiel ihr diese Situation gar nicht. Im gleichen Augenblick überlegte sie sich jedoch, weshalb sie eigentlich hierher gegangen war, und auch dafür konnte sie nicht leicht eine sachliche Begründung finden.

Sie wollte sich gerade wieder auf den Nachhauseweg begeben, als sie ihn entdeckte. Peter Halden war etwa zwanzig Meter von ihr entfernt und sie hatte ihn nicht gesehen. Freilich, Sie hatte geglaubt, ihn hier bei der Arbeit zu finden, stattdessen lag er im hohen Gras und ließ sich von der Morgensonne bräunen. Sie schlich sich leise an ihn heran und stand jetzt dicht bei ihm, ohne dass er aus dem Schlaf erwacht wäre. Sie stand vor ihm und lächelte. Da lag er nun, der große, selbstsichere und heute Morgen so verstockte Ingenieur, und war letzten Endes nicht mehr, jedenfalls in diesem Augenblick, als ein hilfloser schlafender Junge. Ein liebenswerter Junge, das war er trotz alledem. Und Gitta war in so fröhlicher innerer Stimmung hier oben im Grenzwald, dass sie nahe dran war, sich über den Schlafenden zu beugen und ihn mit einem Kuss zu wecken.

Sie tat es jedoch nicht, denn wie sie sich mit diesem und noch ähnlichen Gedanken, die alle darauf hinausliefen, den Schlafenden zu erschrecken, herumtrug, fuhr sie selbst erschrocken zusammen.

„Guten Morgen, Fräulein Gitta", hatte Peter Halden gesagt, der nun seine Augen vollends öffnete und sich lächelnd aufrichtete. „Was verschafft mir die Ehre? Bitte nehmen Sie doch Platz, einen besseren Stuhl kann ich Ihnen leider im Augenblick nicht anbieten."

„Guten Tag, Herr Langschläfer und Faulenzer", antwortete Gitta, die den Schreck schnell überwunden und sich neben ihn gesetzt hatte. „Zu ihrer Beruhigung, ich bin hier, um ein paar frische Feldblumen zu pflücken."

„So, ja da scheinen Sie im Augenblick ein sehr großes Objekt erwischt zu haben", meinte Peter lachend, ohne dabei zu bedenken, dass er immerhin mit einer jungen Dame sprach. Jedoch als sich Gitta hierauf in einer Art erhob, die unmissverständlich zum Ausdruck brachte, dass sie keinen Wert darauf legte, weiter mit einem so ungehobelten Gesellen zu sprechen, handelte Peter Halden so schnell und instinktiv, dass Gitta keine Zeit mehr hatte, ihr Vorhaben auszuführen. Er hatte sie mit seinen beiden Händen an der Schulter gefasst und zwang sie durch einen leicht Druck, sich wieder zu setzen.

Sie sprachen beide kein Wort und verstanden einander, als ob sie sich seit Jahren kannten.

Sie saßen dicht beisammen und Peter hatte seinen rechten Arm um ihre Schulter gelegt. Es war wie damals in der Stube, als Gripps zu unpassendster Zeit erschienen war, nur war ihm heute viel leichter und fröhlicher ums Herz, trotz des unerfreulichen Erlebnisses. Peter schloss sie fester in seine Arme. Gitta fühlte, wie seine Lippen die ihren berührten und schien in einen Strudel voll Glück und Liebe zu versinken.

Eng nebeneinander lagen sie auf der herrlich duftenden Waldwiese, beobachteten eine kleine am blauen Himmel dahinziehende Wolke und sogen den herben Duft des Kiefernwaldes ein.

„Warum kann das alles erst jetzt sein, Gitta?"

„Beklag Dich doch nicht, Peter. Sei glücklich, dass es überhaupt ist."

Sie hatten zum erstmal in der Anrede das Du benutzt und keinem war es aufgefallen.

„Weißt Du, Gitta, Du glaubst gar nicht, wie froh ich im Grunde bin, dass man mich gestern Abend überfallen hat. Es hat soviel Gutes für sich. Vor allem sind wir von einer großen Versuchung erlöst."

„Sag, Peter, ich verstehe die ganze Sache nicht. Ich weiß gar nicht, um was es sich dreht. Vater hat mir nichts gesagt und auch Du konntest mir bisher nichts anvertrauen. Glaube mir, ich war darüber sogar ein bisschen traurig, Ihr beide habt mir das nicht entgegengebracht, was ich Euch bestimmt erwiesen hätte, nämlich Vertrauen."

„Aber beste Gitta, wie sollte ich Dir das alles erklären? Ich glaubte, Dein Vater, auf den ich im Übrigen immer noch eine furchtbare Wut habe, hätte es bereits getan. Nun, ich will versuchen, Dir die ganze Geschichte mit den unglücklichen Steinen zu erzählen."

Peter berichtete den ganzen Ablauf so gut er konnte, während Gitta teils mit Staunen, teils mit Entsetzen der Erzählung folgte und als er geendet hatte, dauerte es eine ganze Weile, bis sie sich gefangen hatte. Dann aber umarmte sie Peter und küsste ihn. Als er sie darauf freudig erstaunt anlächelte, sagte sie: „Das ist die Belohnung!"

„Ja, aber wofür?"

„Für das Vertrauen."

Sie lagen jetzt wieder schweigsam nebeneinander, beobachten die vorüberziehenden Wolken und lauschten auf das tausendfache Zirpen der Grillen. Aber trotz aller Liebe und trotz allen Friedens ging jeder seinen Gedanken nach und suchte verzweifelt nach einem Ausweg aus all dem Geheimnisvollen und Gefährlichen, das auf sie eingestürzt war.

„Und Du glaubst wirklich, dass Vater Dich für so einen gemeinen Menschen hält? Das kann er doch gar nicht! Bestimmt nicht, wenn ich ihm sage, dass wir uns lieben, nicht wahr? Und wir lieben uns doch?"

„Gewiss, Gitta, das tun wir schon, aber was ändert das an der Tatsache, dass ich in den Augen Deines Vaters ein Dieb, ein Gauner und Lügner bin."

„Es ändert sehr viel daran, Du Dickkopf! Und im Übrigen müssen wir versuchen, Vater Beweise zu liefern, dass Du gar nicht derjenige bist, für den er Dich vielleicht hält."

„Leicht gesagt, Kleines, aber wie? Ich habe schon genug überlegt. Wer mich überfallen hat, kann ich nicht sagen. Ich habe nichts gesehen. Stark ist derjenige gewesen, der mich festhielt, aber mehr weiß ich nicht. So kommen wir nicht weiter."

„Hast Du eigentlich die Herren befragt, die Dich mitgenommen haben, ob die etwas gesehen haben?"

„Nein, ich habe denen doch kein Sterbenswörtchen über den ganzen Vorfall gesagt. Nur eins fällt mir dabei ein. Hat nicht Gripps gesagt, dass die beiden in der Wirtschaft davon gesprochen haben, dass sie mich den ganzen Tag durch die Gegend gefahren haben? Das ist doch einwandfrei gelogen! Vielleicht hängen die beiden irgendwie mit der Sache zusammen. Man müsste versuchen, an die beiden wieder heranzukommen."

„Das erscheint mir aber auch als fast unmöglich. Doch vielleicht weiß Gripps noch mehr über die beiden. Am Ende weiß Gripps überhaupt alles. Er könnte doch alles über die beiden in der Wirtschaft erfunden haben? Ich weiß, dass Du entsetzt bist, aber in so einem Fall haben die Frauen meistens eine andere Methode, etwas herauszubekommen. Während ihr alles logisch aufbaut, spielt bei uns auch das Gefühl eine wichtige Rolle. Und irgendwie traue ich Gripps nicht ganz. Er ist viel zu redselig und dabei so undurchsichtig."

„Schön und gut. Deine Sympathien in allen Ehren und natürlich auch Dein Gefühl. Aber hier verdächtigst Du immerhin eine Person, die Dir nie etwas zuleide getan hat und auch mir nicht. Aber mir fällt eben andere Möglichkeit ein, Deinen Vater jedenfalls annähernd zu beruhigen. Er weiß genau so wie Du und ich, dass diese Diamanten einen unheimlichen Wert verkörperten. Dass sie jedoch niemals für ihn Glück und Segen bedeuten würden, sieht er nicht ein und wird sich auch nie davon überzeugen lassen. Wir müssten ihm jetzt beweisen, dass die Steine wertlose Imitationen waren."

„Das wäre vielleicht gar keine so schlechte Idee. Nur wie willst Du ihm das beweisen?"

„Ich fahre noch heute Nachmittag nach Kleinhansen zu meinem Freund Webbs. Der muss mir eine Bescheinigung mit möglichst vielen amtlichen Stempeln ausstellen, dass der ganze Krempel einen Wert von einigen Mark hat. Das wäre jedenfalls ein Versuch. Gleichzeitig könnte ich unter Umständen von Webbs noch Einzelheiten über diese Edelsteine erfahren. Er schien nämlich weitaus mehr darüber zu wissen, als er zugab."

„Bist Du heute noch wieder zurück, wenn Du jetzt in einer halben Stunde mit dem Mittagsbus fährst?"

„Gewiss, Liebste. Bis dahin wirst Du schön brav sein. Hoffentlich geht alles glatt."

„Ich habe immer Angst, wenn Du jetzt weggehst. Komme bald wieder." „Du hast Angst! Hat man so etwas schon gehört. Du glaubst gar nicht, wie vorsichtig ich bin. Damit Du aber ganz beruhigt bist, werde ich mir meine zweite und letzte Pistole einstecken. Nun lass uns aber keine Zeit verlieren, sonst verpasse ich am Ende noch den Bus."

- *Kapitel 10* -

Kleinhansen kam Peter Halden schon beinahe vertraut vor. Und auch das Haus des alten Webbs erschien ihm so bekannt, als ob er hier seit Jahren ein- und ausgegangen wäre. Dabei war er heute erst zum zweiten Male in diesem abgelegenen Städtchen. Bevor er in den Laden trat, warf er noch schnell einen Blick in das kleine Schaufenster. Er musste lächeln, denn es war nicht sehr viel Staat mit der Auslage zu machen. Ein paar Uhren, einige Ketten und Ringe, alles ein wenig verstaubt, die Scheibe nicht mehr ganz sauber, so lag es, wenn auch recht geschmackvoll geordnet, dich gedrängt nebeneinander in dem kleinen Schaufenster. Auch an das Glockenspiel erinnerte er sich wieder beim Eintreten. Genau wie beim ersten Mal hing der letzte Ton noch lange im Raum und mischte sich mit dem pausenlosen Ticken der vielen Uhren zu einer eigenwilligen Melodie.

Es war niemand im Laden. Das kleine Loch in der Wohnungstür, durch das ihn damals Alois Webbs beobachtet hatte, war noch immer an der gleichen Stelle. Nur kein Webbs stand hinter ihm, und kein Auge verfolgte die Bewegung des Eintretenden. Heute schien die Sonne durch dieses runde Loch in den Laden, und in dem Sonnenstrahl, der am anderen Ende des Ladens genau auf das Zifferblatt eines großen altertümlichen Weckers fiel, tanzten tausend und abertausend kleine Staubflöckchen. Peter Halden beobachtete dies und das ewige Weiterrücken der vielen kleinen Sekundenzeiger und wartete.

Es kam niemand, auch dann nicht, als er auf die Tür zutrat und anklopfte. Jetzt rief er Webbs' Namen.

Es blieb alles still. Nur die Uhren tickten ihr monotones Lied. Peter Halden öffnete die Tür zum Wohnzimmer. Es lag alles noch so da, wie er es in Erinnerung hatte. Vielleicht war Webbs einkaufen gegangen oder trank einen Schoppen Wein im Wirtshaus. Nur die Ladentür? Warum hatte er in solch einem Falle die Ladentür offen gelassen? Peter Halden setzte sich auf einen der Stühle, stand aber gleich wieder auf und begann ungeduldig im Zimmer auf und abzulaufen. Draußen schien die Sonne immer noch vom fast wolkenlosen Himmel. Und drinnen in der Stube war es drückend heiß. Er wischte sich mit seinem Taschentuch die Schweißperlen von der Stirn. Er öffnete ein Fenster.

Unten vor dem Fenster spielten einige Kinder und sangen irgendein Lied, das er auch noch aus seiner Kinderzeit her kannte.

Plötzlich fuhr er erschrocken zusammen. Vom Laden her drang ein Lärmen und Poltern, so dass er, die Pistole in der Hand, zur Tür stürzte.

Hier stand er und blickte gebannt in den Laden. Dann musste er über sich selbst lächeln und ärgerte sich innerlich. Seine Nerven hatten ihm wieder einen üblen Streich gespielt. Es war genau vier Uhr und die Uhren, die auf allen Regalen standen, hatten fast gleichzeitig, aber in den verschiedensten Tonlagen und Stärken, diese Uhrzeit verkündet. Auf die Idee war er nicht gekommen, als er dieses unheimliche Gerummel und Geklirre gehört hatte.

Peter Halden steckte die Pistole ein und beschloss, in einem Wirtshaus ein Glas Bier zu trinken und gegen Abend noch einmal hereinzusehen. Er ging an der Tonbank vorbei und wollte zur Tür.

Wie vom Schlag gerührt blieb er stehen.

Was war das eben gewesen? Was hatte er gesehen, als er an der Tonbank vorbeiging und einen Blick auf den Boden warf? Er wagte nicht, sich zu bewegen. Er war sicher kein Feigling, aber das hier …? Oder sollten seine Nerven wieder versagt haben? Hatte er ein Spukbild gesehen oder war es Wirklichkeit?

Und wer war es?

Er ging wieder vorsichtig einige Schritte zurück und musste sich einen Ruck, geben, hinter die Tonbank zu schauen.

Es war Wirklichkeit! Schrecklichste Wirklichkeit! Dort, schräg unter der Tageskasse lugte eine Hand unter der Tonbank hervor. Es war keine gewöhnliche Hand. Sie war blass und ihre Finger waren verkrampft. Sie lag dort unbeweglich und starr.

Instinktiv trat Peter Halden näher heran und beugte sich tief herab. Er sah, dass eine Gestalt unter der Tonbank lag. Das Gesicht war nach unten gekehrt. Er wagte nicht, dieses unheimliche Wesen anzureden. Und langsam kam es ihm zum Bewusstsein, dass ein Anreden kaum Zweck haben würde. Der Mann unter der Tonbank war tot.

Trotzdem, er musste versuchen, ob nicht vielleicht noch Hilfe möglich war. Immerhin war Webbs sein Freund gewesen, und er hatte ihn schon einmal aus einer üblen Situation retten können.

Mit zitternden Händen ergriff er die starre Hand, und ein kalter Schauer lief über seien Rücken. Mit einem Ruck riss er den Toten unter der Tonbank hervor. Und dann drehte er ihn langsam nach oben.

„Nein!" Wie ein wund geschossenes Tier stöhnte Peter Halden auf. Es war nicht Webbs.

Vor ihm lag wie aus Wachs erstarrt Amadeus Gripps, der kleine Maler, von dessen Leben man so gut wie gar nichts wusste.

Nun lag er hier in dem kleinen staubigen Laden von Alois Webbs und die unzähligen Uhren tickten ihm den Totengesang. Von seiner Schläfe lief ein breiter Blutstreifen über sein Gesicht und hatte seinen dicken Bart tiefrot gefärbt.

Wie betäubt stand Peter Halden im Zimmer. Tausend Gedanken jagten ihm durch den Kopf. Und doch, er verstand von allem nichts. Wie kam Gripps hierher, was wollte er hier, und warum lag er nun hier unter der Tonbank?

In diesem Augenblick öffnete sich die Ladentür. Das harmonische kleine Glockenspiel erfüllt den Raum. Wie entsetzt starrte Peter Halden auf die Tür und erst jetzt kam ihm zum Bewusstsein, in was für eine Gefahr er sich begab, wenn er nicht sofort die Polizei verständigte. Er stand hinter der Tonbank. Vor ihm lag der tote Gripps. Ein kleines Mädchen von vielleicht zwölf Jahren war in den Laden getreten.

„Ich wollte meine Kette abholen, die Onkel Webbs neu aufgezogen hat", begann die Kleine etwas schüchtern, denn sie hatte sicher nicht erwartet einen fremden Mann im Laden zu finden.

„Ja, weißt Du", begann Peter Halden mit trockener Kehle zu reden, „der Onkel Webbs ist heute Nachmittag weggegangen, er kommt heute Abend wieder zurück, komm dann noch einmal vorbei."

„Er hat aber gesagt, dass ich sie jetzt abholen kann. Ich will zu Gittas Geburtstag."

„Wer ist Gitta" unterbrach sie Peter Halden.

„Gitta ist doch meine Freundin!", meinte die Kleine vorwurfsvoll.

„So, so. Nun, es hilft nichts, ich habe deine Kette nicht und weiß nicht wo sie ist. Komme heut' Abend wieder. Sag, mal, weißt Du, wo hier im Dorf der Schutzmann wohnt?"

„Der Sepp Kaster? Der wohnt hier gleich an der Ecke!"

„Kannst Du mir das Haus einmal zeigen?"

„Ja, ich wohne ja dort in der Nähe."

Peter Halden verließ daraufhin schnell seinen unangenehmen Platz, warf noch einen kurzen Blick auf den Toten und verließ mit dem kleinen Mädchen den unheimlichen Laden.

- *Kapitel 11* -

„Grüß Gott, Ambrunner!"

„Grüß Gott, Poldi!" brummte der Alte und musterte den eingetretenen Gendarmen, der schon seit etlichen Jahren für Ruhe und Ordnung in Hirschen sorgte. Der alte Ambrunner sah etwas blass aus und schien nicht in der besten Stimmung zu sein. Es war gestern wieder spät geworden im Wirtshaus, und verdammt hart hergegangen war's obendrein. Auch Gitta, die den Kaffeetisch abräumte, machte nicht gerade das fröhlichste Gesicht der Welt. Sie sah übernächtigt aus, denn sie hatte kaum ein Auge zugetan. Immer hatten ihre Sinne gelauscht, die ganze Nacht hindurch, aber kein Schritt war zu hören gewesen. Peter war nicht zurückgekommen. Und auch heute Morgen war er nicht gekommen. Ihre ganze Hoffnung, der erste Bus um fünf Uhr, war schon lange geschwunden. Mit ärgerlicher Miene beobachtete sie den Gendarmen. Sie kannte ihn, war er doch mehr als einmal morgens hier erschienen, um mit dem Vater einen guten Tropfen Enzian zu trinken. Sie hasste dieses Getränk, aber sie hatte heute Morgen wohl an allem etwas auszusetzen. Die Sorge um Peter machte sie überdies nervös und reizbar.

Der Hüter der Ordnung, wie er sich selbst gern nannte,

hatte sich eine Weile Vater und Tochter angesehen, ohne auch nur ein Wort zu sagen, bevor er sich räusperte und tief Luft holte, um seiner Rede den entsprechenden Ton und die nötige Wichtigkeit zu verliehen. „Ja, mein guter Ambrunner, ich bin nicht hier, um den letzten Enzian zu probieren, sondern mich treibt die Pflicht und der Dienst hierher."

Auf diese feierliche Rede waren beide nicht gefasst gewesen. Der Alte hob erstaunt und neugierig den Kopf, während Gitta, aus deren Gesicht alle Farbe verschwunden war, mit ängxstlichen Augen den dicken Poldi anstarrte. „Was willst Du?" forderte der Alte ihn zum Weitersprechen auf.

„Nicht so stürmisch, Ambrunner! Alles nach der Reihe, immer hübsch nach der Reihe. Erst einmal zur Person. Bist Du, sind Sie der Herr Alois Ambrunner und ist dies hier Ihr Grundstück und Wohnhaus?" „Red' keinen Quatsch, Poldi! Das weißt Du doch ebenso gut wie ich, dass ich ich bin und dass das Haus mein eigenes ist."

„Also ja, dann wohnen hier in diesem Haus also ein Herr Amadeus Gripps und ein Herr Peter Halden?" fuhr der gute Poldi unbeirrt in seiner Vernehmung fort. Gitta war zusammengezuckt, als der Name Peters fiel, sie ahnte, dass etwas Schreckliches geschehen sein musste.

„Ja, die wohnen seit ein paar Tagen hier", antwortete indessen der Alte.

„Wo sind die beiden jetzt?", forschte der Gendarm weiter und schien sich sichtlich darüber zu freuen, die anderen auf die Folter zu spannen. „Sie sind beide fort. Ich weiß nicht, wann sie wiederkommen. Ich war gestern gar nicht zu Hause."

„Wissen Sie etwas Näheres, Fräulein Gitta?"

„Nein, nur der Herr Gripps sagte, dass er sich die Gegend ein wenig ansehen wollte, er sagte nicht, wann er zurückkommen würde."

Gitta hatte fast geflüstert, aber Poldi hatte dennoch die Bedeutung dieser Worte offenbar erkannt, der er zückte sein umfangreiches Notizbuch und sagte: „Sehr interessant. Also die Gegend ansehen. Hat sich, glaube ich, eine schlechte Gegend ausgesucht."

„Was ist denn nun eigentlich los?", unterbrach ihn Gitta, die mit ihrer Geduld am Ende zu sein schien.

„Alles nach der Reihe, schönes Kind. Jetzt erst einmal zu dem Herrn Halden. Wann ist er weggegangen und wann wollte er wiederkommen und wohin ist er überhaupt gegangen?"

„Mein Gott, Poldi, von all dem kann ich Dir nichts beantworten, ich sagte schon, dass ich gestern den ganzen Tag im Wald war, um meinen Bestand zu überprüfen."

„Ich wusste zwar nicht, dass Du den ganzen Tag im Wald warst, aber vielleicht kann auch hier Deine fleißige Tochter weiterhelfen„ meinte der Gendarm und wandte sich wieder Gitta zu, die sich zusammennehmen musste, um ihre Unruhe nicht noch deutlicher zu zeigen.

„Ich weiß auch nicht mehr, als dass er eigentlich schon gestern Abend wieder zurück sein wollte."

„Mehr wissen Sie nicht, Sie haben sonst gar nicht miteinander gesprochen?"

„Kaum, er kam nicht zum Essen morgens und ist gegen Mittag abgefahren."

„Seltsam, sehr seltsam! Ich hätte doch schwören können, dass ich Sie mit dem Ingenieur hab' auf der Lichtung zusammensitzen sehen. Wie man sich doch täuschen kann! Oder waren Sie doch auf der Lichtung, gestern Morgen?" Er stand jetzt dicht vor Gitta und seine kleinen, in Fettpolster eingebetteten Augen musterten sie durchdringend, so dass sie fest davon überzeugt war, dass er eben alles wusste.

„Ja, ich habe mit Peter auf der Wiese gesessen, aber …"

„Was ist das!" brüllte der Alte in einem wahren Wutanfall dazwischen. „Ruhe Alois, ich bestimme, wer redet!" herrschte ihn der Gendarm an. Gitta schwieg jedoch und schien offensichtlich vor dem Alten Angst zu haben. „Haben Sie keine Angst, es geschieht Ihnen ja nichts. Sie haben also auf der Wiese nur über andere Dinge gesprochen und nicht darüber, dass der Herr Ingenieur am Nachmittag mit dem Herrn Gripps zusammentreffen wollte?"

„Nein!"

„Na, schön! Jetzt habe ich hier noch etwas, hier ist der Hausdurchsuchungsbefehl. Ich muss mir die Zimmer der beiden Herren einmal näher ansehen! Wo sind sie!"

„Poldi, bevor Du rauf gehst, noch eine Frage. Was ist gesehen?"

Na, schön, hört her." Mit gewichtiger Gebärde setzte er sich halb auf den Tischrand und begann. „Gestern, am Nachmittag, ist in Kleinhansen ein Mord passiert. Jawohl, ein richtiger perfektionierter, maliziöser und verbrecherischer Mord, möchte ich sagen. Ermordet wurde der Herr, der hier wohnte, der Herr Amadeus Gripps.

Er wurde im Laden eines kleinen, oft vorbestraften Juweliers gefunden. Ja, und jetzt das Merkwürdigste, gefunden hat ihn ein Herr Ing. Peter Halden." Mehr sagte der Gendarm nicht, aber er beobachtete mit sichtlichem Wohlgefallen die Wirkung seiner Worte auf den Gesichtern der beiden. Angst, Ungläubigkeit und Erstaunen zeichneten sich ab.

„Aber, wo ist Peter, ich meine Herr Halden, denn um Gottes willen jetzt immer noch?"

„Er ist im Polizeirevier zur Vernehmung, sozusagen in Untersuchungshaft."

„Was denn nun, Untersuchungshaft und Vernehmung ist doch schließlich nicht dasselbe, oder …?"

„Gewiss nicht, Fräulein Ambrunner, aber wer will das von hier entscheiden?"

„Wissen Sie denn nicht, wann er wiederkommt?"

„Zum Donnerwetter? Hältst Du endlich Deinen Mund", polterte der alte Ambrunner los. „Was spielt das für eine Rolle, wann dieser dumme Kerl zurückkommt. Der arme Gripps ist Dir wohl völlig schnuppe, was?" Dieses Weibervolk!" Mit diesem Ausruf hatte er sich wieder an den Gendarm gewandt. „Hat man den Halden in Verdacht?" „Sie meinen in Verdacht der Täterschaft? Da muss ich Ihnen sagen, dass ich darüber nicht sprechen darf - Dienstgeheimnis!" Bei diesem Wort hatte er seinen dicken Zeigefinger erhoben, um der Bedeutung dieses Ausdruckes noch den nötigen Nachdruck zu verleihen.

„Zeigt mir jetzt, bitte, die Zimmer der beiden. Erst das von Herrn Gripps!"

Die Durchsuchung der Zimmer nahm nicht sehr viel

Zeit in Anspruch, denn nach etwa einer Viertelstunde kamen der Gendarm und der Alte wieder die Treppe herunter und setzten sich auf die gemütliche Eckbank, um den anstrengenden offiziellen Teil des Besuches mit einem Schluck vom besten Enzian abzuschließen.

„Weißt Du, Poldi, mir will diese ganze Geschichte nicht behagen", begann der Alte das Gespräch.

„Kann ich mir gut vorstellen, ausgerechnet beide in Deinem Haus. Na, aber zunächst wollen wir den Enzian nicht warm werden lassen." Er kippte sein Glas hinunter, und der Alte schüttelte den Kopf. „Das ist schon eine verteufelte Sache, Poldi. Na, ja, auf jeden Fall komme ich wieder einmal nicht zu meinem Bild."

„Was für ein Bild?"

„Ich habe doch den Gripps bloß hier wohnen lassen, weil er Maler ist, und Du kennst doch meine Schwäche für ein schönes großes Bild von meinem Hof."

„Was sagst Du, der Gripps war Maler? Na, schönen Dank. Hast du die Bilder gesehen, die er gemalt hat? Du wirst Deine reine Freude daran haben. Ich fand oben in seinem Zimmer so einige Bogen. Nein, nein, ein Maler war der nicht. Und wenn, dann müsste ich der größte Künstler dieses Jahrhunderts sein, glaub' mir's - ein dolles Geschmiere. Die Gerdi, was meine Nichte ist, haut Dir weiß Gott mit ihren zehn Jahren einen besseren Bauernhof hin, als der da." „Du glaubst also, dass der Kerl gar kein Maler war?"

„Ich glaub's nicht. Natürlich so mit der neuen Malerei - damit weiß ich natürlich nicht Bescheid. Aber, ich glaub', das war ein ganz schönes Früchtchen. Wir werden ja sehen." Der Gendarm hatte sich jetzt erhoben und verabschiedete sich von Gitta und ihrem Vater.

Als er das Zimmer verlassen hatte, dauerte es noch eine ganze Weile, bis sich Gitta entschließen kannte, das bedrückende Schweigen zu brechen.

„Was machen wir nun, Vater? Wie soll das alles enden? Wären die Steine doch nie ins Haus gekommen!"

„Wer hat Dir das gesagt!" keuchte der Alte und seine Nasenflügel bebten vor Wut.

„Ich habe es durch Peter erfahren. Du hattest ja kein Vertrauen zu mir."

„Von diesem Halunken also! Das ist herrlich. Ja, ja, Du, verschwöre Dich nur mit einem Wildfremden gegen Deinen Vater, der alles für Dich getan hat und auch trotzdem noch tun würde! Verschwöre Dich nur!"

„Vater, sei nicht ungerecht, ich bitte Dich. Wir wollen doch nur helfen. Glaubst Du, dass wir mehr erreichen, wenn Uneinigkeit und Hass im eigenen Haus regieren!"

„Helfen wollt ihr! Dass ich nicht lache!" brummte der Alte und brütete stumpfsinnig vor sich hin.

„Ja, Vater. Schließlich bist Du es gewesen, der die Steine ins Haus gebracht hat, und Du musst dafür sorgen, dass die Steine wieder fortkommen."

„Das sind sie ja bereits, dafür hat schon Dein guter Freund Halden gesorgt!"

„Peter hat Dir geholfen. Mehr als das. Er hat sein Leben riskiert. Hätte man ihn nicht auch umbringen können?"

„Die ganze Überfallgeschichte ist ein Märchen, und jetzt Schluss damit!"

„Ein Märchen!? So, und der ermordete Gripps, ist das

etwa auch ein Märchen. Oder willst Du mir erzählen, dass nicht alles mit diesen verfluchten Steinen zusammenhängt?!"

„Gripps …" Der Alte vollendete seinen Satz nicht, seine Backenknochen arbeiteten, was sie immer taten, wenn der Alte aufgeregt war.

„Meinst DU, dass Halden etwas erzählt?" Er sah Gitta groß und fragend an und es schien ihr, als ob er Angst habe, die Antwort zu hören. „Wenn er so über Dich denken würde, wie Du über ihn, Vater, dann würde er alles genau erzählen. Er denkt aber anders!"

„Du meinst, er sagt nichts von den Steinen?"

„Ich weiß es nicht."

In diesem Augenblick öffnete sich die Tür und mit einem Aufschrei, der Freude, Überraschung und Sorge in sich vereinte, stürzte Gitta dem Eintretenden entgegen. Peter Halden streichelte ihr Haar. Er sah müde und blass aus. Er wandte sich an den Alten. „Herr Ambrunner, ich war gestern in Kleinhansen, um meinen Kriegskameraden Webbs zu besuchen, dessen Adresse ich erst vor kurzem bekommen hatte. Er sollte meine Uhr reparieren. Ich traf ihn nicht an, sondern fand im Laden die Leiche des Malers Gripps. Die polizeiliche Vernehmung dauerte so lange, dass ich den letzten Bus nicht mehr erreichte. Nun bin ich hier!"

Peter Halden hatte sich zusammenreißen müssen, um in dieser sachlichen Form mit dem Alten zu reden. Noch immer hatte er den Schock und die Aufregung der letzten vierundzwanzig Stunden nicht überwunden.

Der Alte hatte den Sinn der Worte verstanden. Er erhob

sich und ging auf Peter Halden zu, um ihm die Hand zu reichen.

„Ich danke Ihnen Halden und muss wohl so etwas Ähnliches sagen wie Verzeihung. Nun aber zu dem, was Sie mir da eben erzählten. Haben Sie das zu Protokoll gegeben?"

„Ja."

„Das geht nicht, junger Freund!"

„Ja, aber wir können doch nicht …"

„Ich sagte, das geht nicht! Schluss jetzt! Gehen Sie erst einmalmal schlafen, Sie sehen mir verdammt übernächtigt aus. Das andere wird sich schon finden. Ich gehe inzwischen zu Poldi."

„Vater, aber wenn Du dann auch noch …"

„Die Wahrheit, mein Kind, ist stets der zuverlässigste Freund. Geh' jetzt an die Arbeit."

Damit war der Alte aus dem Haus gegangen, und die beiden blieben allein zurück.

- *Kapitel 12* -

Es waren zwei Tage vergangen, seitdem Amadeus Gripps in dem kleinen Laden von Alois Webbs ermordet aufgefunden worden war. Es hatte sich viel ereignet. Die Polizei hatte ihre große Maschinerie in Bewegung gesetzt und sensationelle Entdeckungen gemacht. Anhand der Verbrecherkartei war es ein leichtes gewesen, den harmlosen Maler Gripps zu entlarven. Er war der Polizei sehr gut bekannt als gefürchteter Juwelendieb und hatte erst vor einem Jahr das Zuchthaus verlassen. Die Aussage des alten Ambrunner, der die geheimnisvollen Glühbirnen in dem Grenzwald gefunden haben wollte, stimmten überdies genau mit der Vermutung der Polizei überein, dass der Ermordete in irgendeinem Zusammenhang mit dem letzten Juwelendiebstahl in Italien stehen musste. Von den Juwelen, geschweige denn von dem „Grünen Morgen", fehlte jedoch noch jede Spur. Nur eines hatte man herausgefunden, was, jedenfalls nach Ansicht des noch jungen Kriminalinspektors Fehling, für die Aufklärung des ganzen Falles von Bedeutung sein konnte. Der ermordete Gripps hatte stets mit einem gewissen Bum Ramcke zusammengearbeitet, der auch zu etwa gleicher Zeit aus dem Gefängnis entlassen worden war. Diese beiden, so hatte die Polizei durch einen Mittelsmann erfahren, arbeiteten wieder zusammen. Inspektor Fehling hatte in verschiedenen Notizzetteln, die beim Ermordeten und in dessen Zimmer gefunden worden waren, immer wieder eine Anschrift oder einen Hinweis auf eine Feldbrucker Adresse herausgefunden. Er beschloss daher kurzerhand, dieser Spur nachzugehen, in der stillen Hoffnung, den Komplizen Bum Ramcke anzutreffen. Der Kriminalrat hatte zwar seine Bedenken gegen dieses rasche Vorgehen, aber am Ende wusste Fehling ihn zu überzeugen.

Die schwarze Taxe konnte nicht direkt an der Eingangspforte halten, da eine ganze Reihe eleganter Autos vor dem Haus parkte. Inspektor Fehling zahlte und ging das kurze Stückchen dieser sauberen und vornehmen Villenstraße zurück, bis er das Haus erreichte, dessen Adresse er schon so häufig gelesen und von der er bereits in der letzten Nacht geträumt hatte. Ohne Hast schritt er über den gepflegten Kiesweg zur Eingangstür zu. Aus dem großen Fenster, das zum Garten hinausführte, klang gedämpftes Stimmengewirr, das jedoch plötzlich verstummte. Ein Pianist hatte einige Akkorde angeschlagen, und jetzt ertönte der glockenreine Sopran einer nicht unbegabten Sängerin an sein Ohr. Er wagte nicht zu klingeln, um diesen Vortrag nicht zu stören und wartete, bis der Beifall einsetzte. Er hatte noch kaum die Hand von der Klingel zurückgenommen, als die Tür mit einem Ruck geöffnet wurde, so dass er ein wenig erschrocken zusammenfuhr. So sehr er sich auch anstrengte, er konnte beim besten Willen nicht erkennen, wer ihm die

Tür geöffnet hatte, es war niemand zu sehen. „Sie wünschen, mein Herr?"

Entsetzt fuhr Inspektor Fehling herum, denn hinter ihm stand, mit eisig verschlossener Miene, ein klischeehaft gekleideter Diener. Der Herrgott mochte wissen, wie der dort hinkam, aber dann entdeckte der Inspektor hinter sich eine kleine Nische in der Hauswand und eine halb geöffnete Tür.

„Ich möchte Herrn von Rohdegg sprechen. Mein Name ist Fehling."

Inspektor Fehling hatte den Namen von Rohdegg instinktiv genannt, da er nur das eine Namensschild an der Hauswand finden konnte.

„Der Herr von Rohdegg gibt gegenwärtig eine Gesellschaft. Er ist kaum zu sprechen, Herr Fehling. Um was handelt es sich, wenn ich fragen darf?"

„Darüber kann man hier auf der Straße nicht sprechen. Holen Sie endlich Herrn von Rohdegg! Ich habe nicht lange Zeit! Er wird mich schon empfangen."

„Bedaure. Es sind nur Herrschaften der …"

„Reden Sie nicht, Mann!"

Inzwischen war das Konzert weitergegangen, ein Klaviersolo schien die erlauchte Gesellschaft zu entzücken. Inspektor Fehling hatte seine letzten Worte jedoch so laut gesprochen, dass der Pianist sich offensichtlich gestört fühlte und mit einem Achselzucken seinen Vortrag abbrach. Ärgerlich erhob sich Herr von Rohdegg mit einer Entschuldigung und eilte wutentbrannt zur Tür.

„Was ist hier los!", herrschte er den zu einer Eissäule erstarrten Diener an.

„Der Herr wünscht Sie zu sprechen und lässt sich nicht abweisen."

„Wer sind Sie? Sehen Sie nicht, dass ich im Augenblick sehr beschäftigt bin."

„Das sehe ich sehr wohl, aber ich hörte Musik und las Ihren Namen, der mir sehr bekannt vorkam, und da dachte ich, besuch' den guten Bum doch einmal."

Jedes Wort, das der Inspektor auch noch so harmlos gesagt hatte, war darauf gerichtet gewesen, den vor ihm stehenden Hausherrn zu verblüffen. Bei dem Namen Bum sollte er blass werden bis zu den Haarwurzeln, und zittern sollte er. So hatte Fehling sich das alles gedacht. Mit großer Beherrschung gelang es ihm, seine Enttäuschung nichts offen zu zeigen. Balduin von Rohdegg lächelte, er lächelte das gutmütigste Lächeln, dass der Inspektor je gesehen hatte und sagte: „Ein Musikfreund sind Sie also und meinen Namen glauben Sie schon einmal gehört zu haben. Na, ja, kann alles gut möglich sein. Ich mache Ihnen einen Vorschlag, kommen Sie mit herein und hören Sie sich die nächsten Stücke an. Meine Gäste warten. Wie war doch noch Ihr Name?"

„Fehling."

Beide traten in den eleganten Salon, in welchem die Gäste schon langsam ungeduldig zu werden begannen. Viele Gesichter kannte der Inspektor. Es war die Spitze der Gesellschaft.

„Entschuldigen Sie, meine lieben Gäste", begann Herr von Rohdegg als sie eintraten, „soeben kommt ein guter Bekannter meiner Familie, und ich glaube, dass Sie mir verzeihen können, wenn ich Sie einen Augenblick allein ließ."

Alles nickte steif aber lächelnd, und der Pianist begann seine Fuge von neuem.

Inspektor Fehling hatte sich in einem Eckstuhl gemütlich niedergelassen und beobachtete ungestört und belustigt die einzelnen Typen der anwesenden Gäste.

Das Konzert schien endlos zu sein. Vortrag. Applaus. Gemurmel. Stille. Vortrag. Applaus. So wechselte die Szenerie in beständigem Rhythmus. Inspektor Fehling bemühte sich indessen, den Hausherrn genau zu beobachten. Er hatte das Bild von Bum Ramcke genau vor Augen. Dann und wann glaubte er, dessen Gesichtszüge in denen des Herrn von Rohdegg wiederzufinden, dann aber überfielen ihn stärkste Zweifel. Der hagere Bum Ramcke und der dicke und schwerfällig von Rohdegg, es schien unmöglich, mit Sicherheit irgendwelche Merkmale auszumachen, die die Identität bewiesen hätten.

„Verzeihung, ist dieser Stuhl noch frei?" Eine reizende, etwa zwanzigjährige junge Dame hatte sich neben Inspektor Fehling gesetzt. Er hatte sie vorhin schon beobachtet und fand, dass sie viel zu jung und lebenslustig war, um hier am späten Nachmittag in der Stube zu sitzen, um klassische Musik zu hören.

„Ich finde es schrecklich langweilig!", stöhnte sie auch schon im gleichen Augenblick, und Inspektor Fehling konnte sich nur mit Mühe ein Lächeln verbeißen.

„Besonders interessant finde ich es, ehrlich gesagt, auch nicht", beteuerte er und schien sich damit, wie er annahm, das Herz der reizenden jungen Dame im Sturm erobert zu haben.

„Wissen Sie was?" flüsterte die Dame neben im geheimnisvoll, „wir versuchen, hier langsam herauszukommen und unterhalten uns dafür lieber für den Rest auf der Terrasse."

Inspektor Fehling hatte im Grunde nichts dagegen einzuwenden. Vielleicht, so entschuldigt er sein Verhalten, könne er auf diese Weise noch etwas erfahren. Und der Herr von Rohdegg lief ihm schließlich nicht weg.

Die nächste halbe Stunde verging wie im Fluge. Inspektor Fehling musste sich eingestehen, dass die junge Dame an seiner Seite nicht nur reizend aussah, sondern auch überaus gewitzt und charmant plaudern konnte. Für keine Sekunde stockte das Gespräch, obgleich sie sich eigentlich völlig fremd waren.

„Entschuldigen Sie, gnädiges Fräulein." In seiner steifen, unpersönlichen und abstoßenden Art stand der Diener hinter den beiden Plaudernden, die sich erstaunt nach ihm umwandten. Indem er tief durch die Nase einatmete, fuhr er in seiner monotonen Grabesstimme, die aber dennoch einer gewissen versteckten Schärfe und Bissigkeit nicht entbehrte, fort: „Ihre Frau Mutter sucht Sie bereits seit einiger Zeit und hat mich gebeten, Ihnen dies zu sagen, wenn ich Sie sehen sollte. Die Gräfin wünscht nach Hause zu fahren."

So lautlos wie er gekommen war, schien der Diener gleichsam wieder vom Erdboden verschwunden zu sein.

„Das tut mir aber leid, dass ich Sie jetzt hier allein lassen muss", meinte die junge Dame, als sie sich erhob und dabei ihre Hand leicht auf die Schulter des Inspektors legte. „Meine Mutter ist sehr streng, und ich hatte sie eben ganz vergessen. Es war sehr nett, mit Ihnen zu plaudern. Ich bedaure heute zum ersten Mal nicht, meine Mutter zu diesem Nachmittagsbesuch bei von Rohdegg begleitet zu haben."

Inspektor Fehling hatte sich ebenfalls erhoben und wollte der reizenden Dame so viel sagen, dass er letzten Endes nicht mehr herausbrachte, als: „Gnädiges Fräulein, Sie können nicht ahnen, wie glücklich ich bin, sie hier getroffen zu haben. Ich danke Ihnen dafür." Weiter kam der etwas ins Stocken geratene Inspektor nicht, denn die junge Dame war mit einem „Auf Wiedersehen, bis zum nächsten Mal" ins Haus getreten, und er blieb allein auf der Terrasse zurück.

Tief in Gedanken versunken hatte er dort noch eine ganze Weile gestanden, als er sich an seine eigentliche Aufgabe erinnerte und beschloss, jetzt, nachdem die Gäste offensichtlich alle fort waren, mit dem Hausherrn zu reden. In diesem Augenblick trat der Diener mit dem schon bekannten maskenhaften Gesichtsausdruck auf ihn zu.

„Herr Fehling, Herr von Rohdegg bittet tausendmal um Entschuldigung. Aber eine dringende geschäftliche Aufgabe macht es ihm unmöglich, Sie noch heute zu empfangen. Er bittet Sie, am kommenden Dienstag noch einmal vorzusprechen."

Das hatte der Inspektor nicht erwartet, und sein eben noch glückliches Gesicht nahm einen mehr als ärgerlichen Ausdruck an.

„Sagen Sie bitte Ihrem Herrn, ich müsste ihn sofort sprechen - Kriminalpolizei!" Er hielt dem unbeweglich dastehenden Diener seinen Ausweis hin und erwartete wieder einmal umsonst einen Ausdruck des Erschreckens auf dessen Gesicht, wie er es sonst gewohnt war, wenn er den Leuten das Wort „Kriminalpolizei" ins Gesicht schleuderte. Ohne auch nur den Tonfall zu verändern, erwiderte der Diener: „Es tut mir schrecklich leid, Herr Inspektor. Der Herr von Rohdegg ist seit einer halben Stunde bereits unterwegs zu einer wichtigen Besprechung. Fragen Sie nicht, wo diese Besprechung stattfindet, ich weiß es nicht. Auch sonst dürfte ich Ihnen kaum von Nutzen sein, denn ich bin erst seit gestern hier im Dienst."

„Sind denn nicht andere Hausangestellte da, die Herrn von Rohdegg schon länger kennen?"

„Nein!"

Inspektor Fehling glaubte mit einem gefühllosen Eisblock zu sprechen und hatte nur das eine Bestreben, aus diesem unheimlichen Haus herauszukommen. Er würde seinem Chef von diesem Besuch erzählen, denn er wusste, dass irgendetwas nicht stimmt. Alles schien etwas zu wissen in diesem Haus, der Diener, die Möbel, die Terrasse und die große antike Vase in der Eingangshalle, aber alles schwieg und lächelte ihn höhnisch und schadenfroh an.

Er verabschiedete sich nicht, sondern nahm Hut und Mantel stillschweigend entgegen. Mit einer vorbeikommenden Taxe fuhr er ins Polizeirevier.

- *Kapitel 13* -

„Ein hundsgemeiner Dreck!", fluchte Balduin von
Rohdegg und trat das Gaspedal weiter herunter. Sein
hellblaues zweisitziges Sportkabriolett jagte über die
Autostraße. Er fuhr allein, und seine Augen waren ange-
strengt auf die Fahrbahn gerichtet, aber seine Gedanken
kreisten immer wieder um das gleiche Problem. „Diese
verdammte Schweinerei, dieser ekelhafte Kerl! Ich habe
es geahnt, der ganze Quatsch war verrannt! Wenn erst
ein Teil schief geht, haut alles nicht hin! Immer dasselbe!
Aber warum muss gerade ich mit diesem Dreck herein-
fallen?! Jahrelang klappt alles und mit einem Mal kommt
dieser widerliche Vogel, der Webbs, mir in die Quere.
Was habe ich falsch gemacht? Nichts, gar nichts! Es ist
zum Verrücktwerden. Alles war so wie immer. Dann
muss dieser verfluchte Zug Verspätung haben und die
Beleuchtung eingeschaltet werden. Dann muss erst der
eine und schließlich noch der zweite ins Gras beißen.
Die Juwelen sind weg und der Webbs auch. Dieses gemeine und unfaire Biest! Es gibt nur eins, den Webbs
finden! Und ich werde ihn finden! Ich finde ihn heute
noch! Nicht umsonst haben wir früher vor dem ersten
Reinfall zusammengearbeitet, nicht umsonst kenne ich
seine Häuschen hier oben in den Bergen! Ich werde ihn

finden! Und wenn ich ihn habe, dann …!" Balduin von Rohdegg hatte laut vor sich hingehaucht und steckte sich jetzt eine Zigarette an. Der Kilometerzeiger zitterte auf 100.

Er war jetzt eine gute Stunde gefahren und verminderte seine Geschwindigkeit. Im Schritttempo fuhr er von der Straße ab auf einen zerfurchten Feldweg. Es begann zu dämmern, aber der Weg war noch eben zu erkennen. Balduin von Rohdegg kannte diese Strecke, er war hier schon bei pechschwarzer Nacht gefahren, ohne auch nur die geringste Schramme am Wagen bekommen zu haben. Langsam kroch der schwere Wagen vorwärts, und nach einer Viertelstunde lag eine gut ausgebaute Landstraße vor ihm, die in kurzen Serpentinen den Berg hinaufführte. Nach der achten Schleife stoppte er den Wagen. Er hielt vor einem großen schmiedeeisernen Tor. Weit und breit war kein Mensch zu sehen. Aber Balduin von Rohdegg kannte sich hier aus. Er schritt auf den siebenten Baum rechts vom Tor zu, tastete in Schulterhöhe den Stamm ab und fand den kleinen Knopf, der die schwere eiserne Pforte automatisch öffnete. Mit hoher Geschwindigkeit brauste er die Auffahrt entlang und stoppte mit kreischenden Bremsen direkt vor der Eingangstür. Es war ein Landhaus, wie es sich wohlhabende Städter in den Bergen zu bauen pflegen. Reiche Holzverschalungen in Naturfarbe gaben dem Gebäude selbst zu dieser Tageszeit inmitten des dunklen Nadelwaldes ein freundliches und behagliches Aussehen.

Balduin von Rohdegg eilte die wenigen Stufen zur Eingangstür hinauf und wäre um ein Haar mit einer Gestalt zusammengerannt, die unmittelbar vor der Tür im Schatten des Hauseinganges stand. „Wer sind Sie?", herrschte von Rohdegg den vor ihm Stehenden an. Er gab keine Antwort. Er rührte sich nicht.

„Lassen Sie mich rein, Sie hässlicher Fisch!" tobte von Rohdegg, der auf den Tod nicht leiden konnte, wenn man ihm keinen Respekt erwies.

Der Mann schien ihn gar nicht zu hören. Unbeweglich verharrte er vor der Tür und verwerte somit jedem den Eintritt in das Haus. Balduin von Rohdegg wurde die Sache zu bunt, insbesondere, weil er sich das ganze Gehabe nicht erklären konnte. Mit einem Griff hatte er den Lichtschalter erreicht, der die Türbeleuchtung einschaltete und starrte nunmehr den geheimnisvollen Portier durchdringend an. Es war ein alter Mann, dessen graue Haare schon sehr gelichtet waren. Er trug einen Vollbart und seine Wagen waren eingefallen. Er war schlank und schien völlig erstarrt, so wie eine Puppe im Wachsfigurenkabinett, kam es von Rohdegg vor, und ein unangenehmes Frösteln lief über seinen Rücken. „Ich ersuche Sie zum letzten Mal", stieß er fast tonlos hervor. „Gehen Sie von der Tür weg, sonst …" Beim letzten Wort hatte er seine vollautomatische Pistole herausgerissen und hielt sie dem Alten vor die Brust.

Diese Geste schien er zu verstehen. Mit unmissverständlicher Gebärde deutete er auf seinen Mund. Er war stumm. Balduin von Rohdegg fragte, ob Ali zu Hause sei. Der Alte schüttelte den Kopf und bat ihn durch Zeichen mitzukommen. Er führte ihn von dem eigentlichen Wohnhaus fort in ein winziges Häuschen in der Nähe, das Balduin von Rohdegg sehr gut kannte. Hier trafen sie sich früher immer mit den unsicheren Mittelsmännern, die so das eigentliche Haus nie zu Gesicht bekamen. Er folgte dem Alten und machte es sich in der ihm vertrauten Stube gemütlich, während der Alte ihn allein ließ, um jemanden zu holen.

Seit einer Stunde saßen Frank und Erik im Kaminzimmer. Die Flasche Whisky war zur Hälfte geleert. Sie brüteten dumpf vor sich hin. In einem Zug stürzte Erik sein Glas Whisky herunter. „Ich weiß nicht, Frank, vielleicht haben wir zu schnell gehandelt. Ich werde so ein dummes Gefühl bei der Sache nicht los."

„Mach' uns nicht unnötig nervös, Erik. Wir haben weiß Gott keinen Grund, die Nerven zu verlieren, im Übrigen können wir uns diesen Luxus im Augenblick nicht leisten."

„Das weiß ich recht gut, Frank, aber überlege einmal, was jetzt geschehen soll. Wir sind mit Ali gegangen und haben ihn im Stich gelassen."

„Na und! Ali ist ein gerissener Hund und überdies schon reichlich alt. Er wird es nicht mehr lange machen. Aber wir, Erik, wir sind noch jung und müssen versuchen, uns eine Existenz aufzubauen. Ohne Geld geht das eben nicht auf dieser verrückten Welt, das weißt Du genau so gut wie ich. Wir haben Alis Auftrag wunderbar ausgeführt. Was willst Du eigentlich?"

„Ausgeführt haben wir ihn sehr gut, nur mit dem einen Fehler, wir haben ihm die Steine, die wir dem komischen Ingenieur abgenommen haben, nicht zurückgebracht, sondern sie liegen hier bei uns im Safe. Und ich sage Dir,

Ali wird nicht ruhen, bis er sie hat!" „Ali wird sich nicht rühren, für lange Zeit nicht. Meinst Du, der lässt sich sehen, bevor über die Sache mit dem Gripps Gras gewachsen ist? Ich weiß zwar nicht, wer der Gripps ist und weshalb er um die Ecke gebracht werden musste, aber der Ali ist dadurch doch ausgeschaltet."

„Das ist es ja eben, Du weißt nicht, wer Gripps ist und ich auch nicht. Wir wissen eben zu wenig. Wir haben zu früh gehandelt. Wir sind erst einige Monate in dieser Gegend und machen uns selbständig."

„Lass das Unken, Erik. Wir müssen sehen, dass wir die Steine loswerden und dann nichts wie weg nach Australien. Das ist doch alles sonnenklar!"

„Sehr sonnenklar sogar! Kennst Du jemanden, der die Steine nehmen würde? Nein. Hast Du überhaupt eine Ahnung über den Wert der Steine? Nein. Wir sind doch glatte Greenhorns! Mit Ali würden wir vielleicht fertig, wenn wir aufpassen, aber mit den Steinen nicht. So liegt doch die Sache!"

„Vielleicht versuchen wir es in Frankreich. Dort werden wir sicher einen finden, der …"

Es hatte geklopft. Der Diener trat ins Zimmer und reichte Frank einen Zettel.

„Im Nebenhaus sitzt ein dicker Herr, der Ali kennt und ihn hier besuchen will. Er kennt sich hier gut aus", stand mit ungelenken Schriftzügen darauf zu lesen. Frank nickte und der Diener verließ das Zimmer.

„Was sagst Du nun?" triumphierte Frank.

„Wieso?", meinte Erik. „Ein schöner Mist ist das, jetzt haben wir den Salat. Ali schickt seine Häscher!"

„Quatsch doch nicht, Mensch! Vielleicht ist das der Mittelsmann, dem er die Steine verkaufen wollte. Wir werden uns den Burschen auf jeden Fall einmal näher ansehen."

Frank und Erik waren lautlos ins Nebenhaus eingetreten. Die Tür schloss sich hinter ihnen, ohne auch nur den geringsten Laut zu verursachen.

Zusammengesunken saß Balduin von Rohdegg mit dem Rücken zur Tür und spielte gedankenverloren mit den Figuren, die auf dem bronzenen, kostbaren Schachtisch herumstanden. Er dachte an frühere Zeiten, als er hier zusammen mit Ali geheimnisvolle Gäste empfangen hatte. Die Gäste saßen fast immer am Schachtisch und rückten scheinbar verträumt und gelangweilt die Figuren auf der Platte hin und her. Und dann waren er und Ali lautlos durch die Tür im Rücken des Wartenden eingetreten, und das erste Wort aus ihrem Munde ließ den vor Schreck erstarrten Gast seinen sorgsam überlegten Plan vergessen, und es war stets ein leichtes Spiel, die von ihnen gestellten Forderungen durchzusetzen. Ob die Tür noch in Betrieb war? Balduin von Rohdegg erhob sich schwerfällig unter leisem Stöhnen und wandte sich dem Vorhang zu, hinter dem die Tür lag.

Der Raum war von einer Stehlampe in der Nähe des Schachtisches nur schwach erhellt. Nur wenige Schritte hatte Balduin von Rohdegg zur Tür hin gemacht, als er mit einem Aufschrei in seiner Bewegung verharrte, so wie ein Kaninchen erstarrt, das in den Bannkreis eines Schlangenblicks gerät.

Vor ihm standen im dunkelsten Teil des Raumes Frank

und Erik mit eisernen Gesichtern. Genau wie damals, schoss es ihm durch den Kopf. So haben wir unsere Gäste begrüßt. Ohne ein Wort zu sagen und ohne eine Bewegung standen die beiden großen breiten Männer vor dem dunkelblauen Vorhang. Ihre Hände hatten sie in den Jackentaschen unmissverständlich geballt.

Nachdem einige Sekunden des Schweigens, die Balduin von Rohdegg wie Stunden vorkamen, für die richtige Atmosphäre gesorgt hatten, sagte Frank, ohne sich jedoch zu bewegen, in monotoner Stimme: „Sie wünschen?"

Balduin von Rohdegg, der dieses Haus selbst so gut kannte, vielleicht besser als die beiden jungen Männer vor ihm, war zu aufgeregt, um gleich zu antworten. Er hatte Ali erwartet und sicher eine harte Auseinandersetzung. Er kannte die beiden nicht.

„Ich wünsche den Herrn des Hauses zu sprechen!" brachte er nach kurzer Pause gepresst hervor.

„Das sind wir. Mit wem haben wir die Ehre zu sprechen?"

„Ich denke hier wohnt Ali, ich meine Herr Alois Webbs!?"

„Wie war Ihr Name, mein Herr? Wir haben nicht viel Zeit!"

„Mein Name ist von Rohdegg, mit Doppel G, bitte sehr!", versuchte der schwitzende von Rohdegg die Situation etwas zu retten und die Stimmung etwas aufzulockern, was ihm jedoch kaum zu gelingen schien.

„Herr von Rohdegg, wenn Sie Herrn Webbs geschäftlich besuchen wollen, dann wenden Sie sich an uns. Wir haben alle geschäftlichen Aufträge übernommen. Mit uns ist künftig zu verhandeln."

Von Rohdegg war ein viel zu erfahrener Mann in derartigen gefährlichen Situationen, als dass er nicht jede für ihn nur erdenkliche Chance heraushören würde. Und hier hatte man ihm einen solchen vorteilshaften Spielball zugeworfen. Die beiden mussten Webbs in irgendeiner Weise ausgebootet haben. Somit konnte er nur über sie an die Steine herankommen.

„Ich habe jahrelang mit Webbs zusammengearbeitet" begann er nun in seiner gewohnt ruhigen Art, „und bin selbstverständlich bereit, jetzt mit Ihnen zu arbeiten. Wie sind Ihre Namen? Ich kenne Sie nicht."

Mit einer Geste deutete Frank an, dass sich Balduin von Rohdegg setzen möge und auch die beiden jungen Männer setzten sich.

„Mein Name ist Frank und das ist Erik", nahm Frank das Gespräch wieder auf. „Ist es richtig, wenn ich vermute, dass Sie gekommen sind, um mit Herrn Webbs über die letzte Sendung zu verhandeln?"

Hier stockte Frank, denn er war sich nicht darüber im Klaren, ob er zu diesem Gast direkt über die Steine sprechen sollte, aber von Rohdegg erkannte die Chance vollauf und begann, noch bevor Frank seinen Satz gänzlich beendet hatte, mit der Antwort.

„Ja, das wird schon so sein, junger Freund. Ich komme wegen der Steine aus Italien, insbesondere wegen des ‚Grünen Morgens'." Erik, der bisher noch kein Wort gesagt hatte und der deshalb von Balduin von Rohdegg bisweilen argwöhnisch beobachtet wurde, hatte dem Gast ein Glas Kognak hingeschoben und prostete ihm schweigend zu.

„Sie sagten vorhin, dass Sie die Geschäfte von Webbs

übernommen haben", wandte sich von Rohdegg an Frank. „Soll das etwa heißen, dass sich Alois nicht wohlfühlt und sich zurückgezogen hat aus Gesundheitsrücksichten?"

„Sie erwarten hoffentlich nicht, dass wir Ihnen diese Fragen beantworten! Fragen in dieser Form stellen wir Ihnen nicht und legen auch nicht den geringsten Wert, dergleichen gestellt zu bekommen!"

Mit seiner schneidenden Stimme hatte Erik dem vor ihm sitzenden von Rohdegg diese kurze Lektion erteilt. Von Rohdegg war bei jedem Wort zusammengefahren. Nun saß er vor den beiden Jungen wie ein formloses Bündel, die Hände hingen dick und schlaff über die Sessellehne herab und nur seine kleinen Augen verrieten, dass sein Gehirn fieberhaft arbeitete. Er wusste jetzt, dass es nicht mehr Ali war, der ruhig und besonnen über alle Dinge plaudern konnte. Es war die Jugend, die mit ihm verhandelte und die war unerbittlich. Doch was sollte er tun? Es war seine einzige Chance, hier nicht den Mut zu verlieren. Und seine Entschuldigung, die er hierauf murmelte, klang so echt, dass Frank in einem freundlicheren Ton fortfuhr:

„Nun man keine Angst, mein Herr. Sie verhandeln hier mit Geschäftsleuten, mit fairen Geschäftsleuten. Ich bringe Ihnen die Steine und Sie sagen mir den Preis. Dann werden wir weitersehen!" Frank hatte sich erhoben und verließ den Raum, während Erik unverwandt die Bewegung des vor ihm sitzenden von Rohdegg beobachtete. Sie hielten ihn also für einen Mittelsmann, der die Steine kaufen wollte. Nur zu, er würde diese Chance nicht vorbeigehen lassen. Er musste die Steine haben. Tschu war unerbittlich, das hatte er mehr als einmal mit eigenen Augen gesehen.

Damals bei Joe, bei Micky und auch bei Elsa - er hatte sie alle gesehen, erdrosselt mit einer hauchdünnen roten Stahlschlinge. Das war Tschus Lohn für unsichere Partner. Er durfte ihn nicht enttäuschen, und er würde ihn nicht enttäuschen, denn er wusste jetzt, wo die Steine waren und damit war alles gewonnen.

„Hier ist die Sendung." Frank hatte den Raum wieder betreten. In der Hand hielt er einen flachen, mit schwarzem Samt ausgepolsterten Karton. Fein säuberlich geordnet waren die einzelnen Stücke aneinandergereiht und in der Mitte lag der größte Stein. Von Rohdegg hatte sich, ohne dass er es selbst vielleicht wusste, erhoben und beugte sich tief über den Karton, den Frank immer noch in der Hand hielt. Da lagen sie vor ihm, jeden einzelnen Stein kannte er genau und er wusste seinen Ursprung. Man hatte sie einfach Kasten geordnet. Offensichtlich hatten die beiden keine Ahnung über den Wert der einzelnen Stücke. Alles schien nur nach Größe geordnet zu sein. Und dort der „Grüne Morgen"!

Jedoch, wo war sein Feuer und sein grünes Leuchten, das ihm seinen Namen gegeben hatte? Er stammte aus dem Fernen Osten, höchstwahrscheinlich aus irgendeinem Tempel, denn der Schrein in welchem er für gewöhnlich aufbewahrt wurde, trug die Inschrift: „Die Güte und Größe des mächtigsten Gottes ist in ihm, und er wird grün erstrahlen beim ersten Sonnenstrahl. Dem Gläubigen schenket er Kraft und Friede, der Ketzer verdorrt im grünen Licht!" Dieser Spruch, der soviel Glück und gleichzeitig soviel Unheil verkündete, verfolgte ihn schon im Traum. Seit Chang, der Mittelsmann und Vertraute des großen Tschu, ihm den Schrein eines Tages ins Haus brachte und binnen eines halben Jahres den dazugehörigen Stein verlangte, hatte er keine ruhige Minute gehabt. Jetzt lagen die Steine vor ihm, die zu der Sendung des „Grünen Morgen" gehörten. Aber wo war der „Grüne Morgen"!?! Frank und Erik hatten mit größter Spannung die Gesichtszüge des dicken von Rohdegg verfolgt, der nur mit größter Mühe seine Erregung verbergen konnte.

„Nun, was ist? Gefällt Ihnen diese Auswahl, mein Herr?!", brach Erik mit seiner scharfen Stimme das Schweigen.

Von Rohdegg richtete seinen Blick auf den Sprechenden, und seine Augen blitzten Erik aus ihren Fettpolstern gefährlich an. Von Rohdegg musste erst einen Augenblick tief einatmen, um seiner Aufregung Herr zu werden. Mit zitternder Stimme begann er: „Mein Herr, Sie wagen es, einen alten und erfahrenen Mann in dieser Weise zu beleidigen. Sie haben gesagt, dass Sie die Geschäfte des alten Webbs übernommen hätten. Nun gut, das mag stimmen, aber eines haben Sie sicher nicht übernommen - die Aufrichtigkeit und den Verstand! Sie sind in meinen Augen nichts weiter als ein nichtswürdiger Pfuscher unseres Handwerks!"

„Was soll das heißen, Sie komischer Vogel!" fiel ihm Frank ins Wort, aber er konnte den Redeschwall des kleinen, dicken von Rohdegg nicht bremsen.

„Was das heißen soll, erdreisten Sie sich noch zu fragen!

Sind Sie von allen guten Geistern verlassen? Ich frage Sie, Mann, wo ist der „Grüne Morgen"!? Wie kommen Sie dazu, mir diese lächerliche Imitation vorzulegen, die nicht 'mal in den feinsten Formen mit dem eigentlichen Stein übereinstimmt?"

Von Rohdegg atmete schwer. Frank und Erik standen wie versteinert und starrten sich beide so hilflos an, als ob jeder von dem anderen nun eine Erklärung für das erwartete, was er soeben gehört hatte. Von Rohdegg beobachtete beide trotz seiner Erregung sehr genau. Wenn die ganze Geschichte nicht auch für ihn zu ernst gewesen wäre, hätte er über die Gesichter der beiden lachen müssen. „Was sagten Sie da eben?", begann Frank das Gespräch nach einigen Minuten. „Der Stein hier ist eine Imitation? Wie kommen sie darauf? Wie können Sie uns diesen Vorwurf machen?"

Von Rohdegg begann nunmehr über das Aussehen des „Grünen Morgens" lang und breit zu erzählen und wie er beim ersten Blick erkannt habe, dass hier ein völlig anders geformter Stein ohne jegliche Leuchtkraft angeboten wurde. Von Rohdegg hatte etwa eine zehn Minuten geredet und wartete jetzt auf die Reaktion der beiden.

„Ich glaube Ihnen nicht!" begann Erik. „Sie wollen uns lediglich verblüffen, da Sie glauben, mehr von Steinen zu verstehen als wir. Ich weiß aber sehr genau, dass der „Grüne Morgen" ein Millionenobjekt ist. Aber ich mache Ihnen einen Vorschlag. Wenn Sie uns betrügen wollten, so doch nur aus dem einzigen Grunde, ohne Geld an den „Grünen Morgen" heranzukommen. Schön, hier liegt der Stein, den sie als wertlose Imitation bezeichnen. Da steht ein massiver Briefbeschwerer. Nehmen Sie den und zertrümmern Sie hier vor unseren Augen die Imitation. Wir werden sehen." Auch Frank nickte zustimmend.

Von Rohdegg lächelte sein breites Lächeln, nahm den Briefbeschwerer und zerschmetterte den Stein mit einem Schlag in tausend und abertausend Teilchen. Er lächelte immer noch, als er sagte: „Glaube Sie mir nun? Der Stein war unecht. Aber ich frage Sie jetzt, wo ist der richtige Stein?"

„Ich weiß es nicht." Frank hatte seine Sicherheit verloren und starrte noch gedankenverloren auf die vielen kleinen Glassplitter. „Jungs, gebt das Versteckspielen auf! Wir müssen zusammenarbeiten! Bedenkt, Tschus Rache ist unerbittlich!"

„Wer ist das nun schon wieder, in drei Teufels Namen!" brüllte Erik, der auch allmählich die Fassung zu verlieren schien. Von Rohdegg lächelte, so wie ein Vater lächelt über seine unwissenden Kinder.

„Lassen Sie gefälligst das dämliche Lächeln!" schrie ihn Erik an. Von Rohdegg Miene wurde einen Grad ernster. „Ich habe Euch gesagt, dass wir zusammenarbeiten müssen. Nicht etwa, weil ich alleine zu schwach wäre, sondern weil Ihr in eurer eigenen Dummheit in eine Sache hineingeraten seid, die Euch im schlimmsten Falle den Kopf kosten kann. Wer Tschu ist? Ja, ich arbeite jetzt seit etwa dreißig Jahren mit ihm zusammen und habe ihn auch noch nie gesehen. Er wohnt irgendwo in China, so glaube ich jedenfalls. Er versorgt uns mit Aufträgen, mal mich und mal den Webbs, nachdem wir uns getrennt haben. Sein Mittelsmann heißt Chang und ist auch Chinese. Er erwartet die Steine am nächsten Monatsende. Sollten wir es nicht schaffen, dann können wir dem Erdenleben Adé sagen, so wie die anderen vor uns. Ja, Jungs, sieht verdammt hässlich aus, so mit einer dünnen, roten Metallschnur um den Hals irgendwo in der Gosse sein Leben auszuhauchen. Verdammt unangenehm, sag' ich Euch."

„Was zum Teufel, haben wir damit zu tun! Wir haben mit Ihrem ulkigen Chinesen keinen Vertrag abgeschlossen! Uns kann er nichts anhaben!"

„Meint Ihr! Wir können ja abwarten. Wenn Ihr natürlich die Sendung von Tschu nicht in der Hand gehabt habt, dann freilich kann er Euch kaum was anhaben."

„Spotten Sie nicht!", mischte sich Frank ärgerlich ein. „Ich glaube, ich weiß jetzt wer Sie sind. Sie sind Bum Ramcke, von dem Ali häufig erzählte. Ich habe Ihnen schon einmal gesagt, Sie sollen das ewige Grinsen lassen. Mir ist weiß Gott nicht zum Lachen zu Mute."

„Glaube ich gerne, junger Freund! Also wollen Sie mit mir zusammenarbeiten, um den Stein zu finden? Ja oder nein?"

Frank und Erik hatten sich nur kurz angesehen, als Frank begann: „Gut, wir wollen es mit Ihnen versuchen. Natürlich Chef bleiben wir!"

Von Rohdegg lächelte und erhob sich. „Dann wird nichts draus, junge Freunde! Dann muss ich mit Bedauern verzichten! Ich arbeite nur zusammen, wenn ich der Chef bin!"

„Kommt nicht in Frage! Sie sind zu alt, und wir haben schließlich die meiste Macht!"

„Was ich wiederum bezweifeln möchte! Jedoch, so kommen wir nicht weiter. Wie wäre es, wenn wir alle drei Chefs wären, also anders gesagt, wenn es keinen Chef mehr gibt. Wir sind alle drei gleichberechtigt. Das ist mein letztes Angebot!"

„Angenommen!" murmelte Erik und Frank stimmte zu.

- *Kapitel 14* -

„Oh, du meine Güte! Peter, weißt Du, wie spät es ist? Wir haben gleich vier Uhr!" Gitta versuchte sich zu erheben, aber Peters Arme hielten sie so fest, dass sie kaum Luft holen konnte. „Peter, sei doch vernünftig!", brachte sie in so wenig vorwurfsvollem Tonfall heraus, dass Peter nicht im Geringsten daran dachte, ihren Wunsch zu erfüllen, „Lass doch die Uhr, Gitta. Was sollen wir schon mit dieser dummen Uhr anfangen? Sie tickt doch unaufhörlich weiter, ob wir nun an sie denken oder nicht."

Aber Gittas Pflichtbewusstsein ließ sie nicht wieder zur Ruhe kommen, und sie begann allmählich ärgerlich zu werden.

„Ach, Peter", beklagte sie sich, „Du weißt recht gut, wie ungern ich an diese dumme Uhr denke. Aber stell' Dir vor, wir liegen hier jetzt schon geschlagene zwei Stunden am Hang und lassen uns von der Sonne bescheinen. Indessen arbeitet Vater unten im Hof. Ich muss jetzt runter und das Vieh füttern und Abendbrot vorbereiten. Sonst kommst Du nachher hungrig nach Haus und nichts ist fertig. Ich möchte Dein Gesicht nicht sehen." Peter stand jetzt Gitta gegenüber und hatte lächelnd ihren Redeschwall verfolgt. Er wartete noch einen kleinen Augenblick, bis auch Gitta lächeln musste - er wusste nicht,

ob über ihre eigenen Worte oder über sein „schauder-haftes Grinsen", wie sie es einmal genannt hatte. Dann fragte er sie: „Gitta, möchtest Du meine Frau werden?"
Er hatte das so ernst und langsam und dennoch so völlig unerwartet gesagt, dass Gitta einige Minuten brauchte, um überhaupt den Sinn dieser Worte zu begreifen, aber dann hatte sie sich wieder gefangen und meinte mit er-hobenem Finger:

„Mein lieber Peter, Du bist ein unmöglicher Mensch. Mit solchen Fragen scherzt man nicht, das solltest Du eigentlich wissen. Dass Du gerade mit mir diese Witze machtest, ist überdies taktlos, ausgesprochen taktlos so-gar!"

„Aber Gitta! Das ist mein vollster Ernst. Verzeih, wenn ich es Dir nicht förmlicher oder taktvoller sagen konnte, aber ich bin nun mal ich, und ich kann einfach keine feierlichen Reden halten. Wir kennen uns jetzt schon mehrere Wochen und ich finde, wir hatten Zeit genug, uns ganz gut einzuschätzen. Damals, als Dein Vater mich verdächtigte, da glaubte ich, dass alles aus sei und niemals wieder werden würde. Aber dann hast Du zu mir gehalten und mir dadurch soviel Mut und Selbstver-trauen in dieser ganzen Angelegenheit gegeben ... Ach nun fange ich doch noch an zu predigen. Du liebst mich doch, Gitta?! Und ich liebe Dich, das weißt Du. Und so frage ich Dich noch einmal ..."

Weiter kam Peter nicht, denn er sah, dass Gitta Tränen in den Augen hatte, und als er ihr leicht über den Arm streichelte, schlang sie ihre Arme um ihn und presste ih-ren Kopf fest gegen seine Brust.

„Peter, das geht doch alles nicht! Das ist doch alles Unsinn!", brachte sie unter Schluchzen heraus.

„Stell' Dir vor. Der gescheite Ingenieur heiratet eine einfache Bauerntochter aus einem Nest, das niemand in der Welt kennt. Das ist doch undenkbar!"

„Aber, Liebes, stell' Dir nur vor, was die Leute wirklich sagen werden. Sieh einmal, werden sie sagen, der Halden, so ein lächerlicher Patron, bekommt das schönste und netteste Mädchen, das wir jemals gesehen haben. Obendrein ist sie reich und klug. Ein wahrer Glückspilz, dieser Halden."

Gitta lächelte Peter an, obwohl noch einige Tränen in ihren Augen glänzten. Sie küssten sich lange.

Als sie ins Dorf hinuntergingen und über alle möglichen Dinge sprachen, die sich eben Jungversprochene zu erzählen haben, überschattete sich plötzlich Gittas Gesicht und sie fragte entsetzt: „Mein Gott, aber was wird mein Vater dazu sagen?! Und Deine Eltern, Peter? Hast Du daran gar nicht gedacht?"

„Die Eltern, ich hätte sie beinahe vergessen. Aber um meine Eltern brauchst Du Dir keine Sorgen zu machen. Das weiß ich genau, die lassen mich schon frei wählen, aber wie ist es mit Deinem Vater? Am Ende hat er schon einen ganz anderen Freier für Dich im Auge."

„Mach keine dummen Witze, Peter. Aber DU musst es ihm sagen, ich bin so dumm, dass ich nicht einmal weiß, wie ich so etwas einem Vater sage."

„Natürlich sage ich ihm das. Ich glaube sogar, der Mann muss zuerst bei dem Vater der Braut um die Hand seiner Tochter anhalten. Wie man das nun wieder macht, davon habe ich auch keine Ahnung. Aber das werden wir schon hinkriegen."

Gitta hatte viel zu tun, um das Abendbrot rechtzeitig auf den Tisch zu bekommen. Sie schaffte es dennoch nicht genau pünktlich, so dass ihr Vater schon einige Minuten warten musste. Außer einem mürrischen Knurren ließ er jedoch nichts über diese Unpünktlichkeit verlauten. Gitta schien nervös und auch Peter plauderte sonst ungezwungener, wenn er zum Essen in die Stube trat. Der Alte löffelte seine Suppe, ohne sich von der gespannten Stimmung anstecken zu lassen. Nur dann und wann blickte er mit einem Auge auf die beiden, die seltsamerweise auch nicht sehr viel Appetit zu haben schienen.

„Na, viel geschafft?", begann der Alte ein Gespräch mit dem Ingenieur.

„Ja, doch das kann man wohl sagen", meinte Peter Halden und spielte weiter an der Borte der Tischdecke, die er in winzige Fältchen zu legen versuchte.

„War verdammt heiß heute", begann der Alte wieder.

„Ja, sehr heiß, den ganzen Tag."

„Was von der Geschichte gehört? Oder ist noch alles still?"

„Wie bitte?"

„Ich fragte, ob wieder was gemunkelt wird von der alten Geschichte oder ob alles still ist."

„Ich glaube es ist alles still." Peter versuchte mühsam sich zusammenzureißen, denn er wusste, wie wenig es der Alte schätzte, wenn man sich gehen ließ.

„Mir' will's nicht behagen", murmelte der Alte und schüttelte sein Haupt. „Wissen Sie, das ist mir alles zu still, viel zu still. Wenn Sie erst den Webbs hätten, ja, dann …"

„Herr Ambrunner", unterbrach ihn Peter, „ich möchte Sie bitten, könnte ich nachher noch einmal mit Ihnen sprechen?"

Der Alte sah ihn erstaunt an, kniff die Augen ein wenig zusammen und beugte sich wieder über seinen Teller.

„Ja, ja, wenn's wichtig ist, dann schießen Sie doch los! Gitta kann das schon mithören, die weiß ja sowieso alles."

„Nein, ich möchte Sie, bitte, nach Tisch allein sprechen."

Ein Murmeln deutete an, dass er es verstanden hatte und seine nächste Frage nach den neuesten Wetterberichten zeigte, dass er im Augenblick nichts mehr davon hören wollte.

Der Alte hatte sich nach der Mahlzeit in sein Zimmer begeben, um dort, wie üblich, seine Pfeife zu rauchen.

Peter klopfte nach einer Weile energisch, nachdem er zuvor von Gitta einen Kuss und ein Toi, Toi, Toi mit auf den Weg bekommen hatte, und trat ein.

Der Alte saß in seinem Sessel und blies dicke Rauchwolken in das Zimmer.

Peter stand vor ihm und wollte gerade mit seinen wohldurchdachten Sätzen beginnen, als der Alte ihn ungeduldig fragte:

„Sagen Sie schon! Was ist mit den verfluchten Steinen?"

„Es handelt sich nicht um die Steine, Herr Ambrunner", begann Peter und es fiel ihm schwer, weiterzusprechen, er hatte alle seine zurechtgelegten Worte vergessen. Der Alte paffte weiter dicke Rauchwolken ins Zimmer.

„Herr Ambrunner, ich möchte um die Hand Ihrer Tochter anhalten."

Peter hatte diesen Satz so schnell herausgesprudelt, dass ihn der Alte erst langsam wiederholen musste.

Der alte Ambrunner saß schweigen in seinem Sessel und erst nach einer ganzen Weile begann er leise zu sprechen. „So, so. Die Hand meiner Tochter. Sie meinen es ehrlich, Halden?"

„Ganz gewiss, Herr Ambrunner!" beteuerte Peter.

„Nun, ja, das ist der Lauf der Welt. Man zieht sie auf, die Jungen, und dann, wenn sie flügge sind, mit einem Hui sind sie weg. Ja, und man selbst sitzt fest ... Was sagt Gitta dazu?"

„Sie liebt mich, Herr Ambrunner."

„Na, meinetwegen, sollen Sie sie lieben, aber können Sie sie denn überhaupt ernähren? Ich kann mir über Ihre Arbeit kein Bild machen, mit dem besten Willen nicht."

Peter nannte dem Alten sein Einkommen und sprach ganz kurz über seine Eltern, als der Alte ihn mit einer Handbewegung zu schweigen gebot.

„Ich glaube Ihnen, Halden. Ich habe Ihnen einmal nicht geglaubt, das war falsch. Nun, von mir aus wäre alles in Ordnung, ich gebe Euch Meinen Segen, wenn ... Hoffentlich werdet Ihr glücklich!"

Der Alte hatte das Wenn nicht vollendet, aber Peter war zu glücklich, um darauf weiter zu achten.

- *Kapitel 15* -

Die nächsten Tage waren voller Sonnenschein, und zwar nicht nur für Gitta und Peter, sondern der ganze Ambrunner-Hof schien vor dem Glück angesteckt zu sein, das diese beiden Menschen ausstrahlten. Und selbst ganz Hirschen freute sich, stand doch wieder ein großes Fest vor der Tür, Gittas Verlobung mit dem fremden Ingenieur. Man wusste, dass der alte Ambrunner nicht knausern würde. Josef Ambrunner schien mit dem Lauf der Dinge durchaus zufrieden zu sein, obgleich er sich immer noch nicht mit dem Gedanken anfreunden konnte, dass es galt, in nicht allzu langer Ferne von Gitta Abschied zu nehmen.

Es waren genau acht Tage vergangen, seitdem der Alte seine Einwilligung gegeben hatte, und die drei saßen des Morgens zur gewohnten Zeit am Kaffeetisch und ließen sich die frischen, noch warmen Brötchen gut schmecken. Sie sprachen, wie so oft, wenn sie beisammen saßen, über die Zukunft. Der Alte schien nicht so froh zu sein, wie an den vergangenen Tagen, und mit besorgter Miene fragte er: „Sag' einmal, Peter, ganz ehrlich, glaubst Du, dass nach der Sache mit den Steinen nichts mehr kommt?"

„Was sollte danach kommen? Ich weiß gar nicht, wieso

Sie sich deswegen noch Gedanken machen."

„Ja, ja, es ist vielleicht dumm, das mag schon sein, aber ich habe nun in meinem langen Leben so ein gewisses Gefühl für Dinge bekommen, die man so einfach mit Worten nicht erklären kann. Und hier bei der ganzen Sache habe ich ein sehr merkwürdiges Gefühl, auf jeden Fall kein gutes."

„Aber, Herr Ambrunner, auch ich habe mir genug Gedanken deswegen gemacht, jetzt ist jedoch alles ruhig und keiner kommt mehr und fragt und forscht. Die Polizei wird schon alles in Ruhe regeln."

„Schön und gut, aber wo ist Dein Freund Webbs beispielsweise? Kein Mensch weiß davon. Der läuft hier so frei in der Weltgeschichte rum, und die Polizei rührt sich nicht. Sie tut als ob sie blind sei. Wenn ich bedenke, so ein Mensch als Dein Freund, ich weiß nicht, mein Lieber."

„Von Freund kann nun wieder gar keine Rede sein, Herr Ambrunner. Ich habe mich schon hundertmal gefragt, weshalb ich eigentlich zu diesem lausigen Webbs gegangen bin. Nein, mein Freund ist er nie gewesen, wenn er es auch mehr als einmal betont hat. Wir waren in einer Kompanie, damals im Krieg, das ist beinahe alles. Im Übrigen steht ja noch nicht einmal fest, ob Webbs den kleinen Gripps umgebracht hat. Vorläufig ist doch noch gar nichts bewiesen."

„Für mich ist das sonnenklar. Ich habe diesen komischen Vogel von Webbs zwar nie gesehen, aber nur er kann der Mörder sein."

Der alte Ambrunner hatte das so bestimmt gesagt, dass

Peter Halden sich ein Lachen nicht verkneifen konnte und meinte: „Wenn Sie das so genau wissen, dann wird das Gericht ja später nicht mehr viel Arbeit haben. Es bleibt jetzt bloß, den guten Webbs zu erwischen."

Gitta, die bisher schweigend die Unterhaltung der beiden verfolgt hatte, ergriff plötzlich Peters Arm und fragte mit ängstlichen Augen:

„Du, Peter, glaubst Du, dass er hierher kommt?"

„Wer, mein Schatz?"

„Na, dieser Webbs, der Mörder. Du, wenn der hierherkommt, ich werde keine Nacht mehr ruhig schlafen. Peter, ich habe Angst."

Bevor Peter noch Gitta beruhigen konnte, mischte sich der alte Ambrunner schon ins Gespräch:

„Meine Tochter und Angst haben, so etwas reimt sich bei Gott nicht zusammen."

„Ich habe aber Angst, Vater!" unterbrach ihn Gitta mit trotziger Stimme, indem sie sich enger an Peter schmiegte, der ihr zur Linken saß.

„Schon als kleines Kind habe ich Dir immer gesagt, dass Du Dich nie fürchten brauchst solange Du unter dem Dach Deines Vaters Haus wohnst, und das gilt auch heute noch! Also, fürchtest Du Dich oder nicht?"

„Ich fürchte mich nicht, Vater", erwiderte Gitta in so unschuldsvollem Ton, dass erst Peter und letzten Endes alle drei in Lachen ausbrachen.

Die Fröhlichkeit regierte eben in Ambrunners Haus.

Doch, ihr Lachen verstummte, als sich von der Straße her mit lautem Lärmen in schneller Fahrt ein Auto näherte und mit kreischenden Bremsen vor der Haustür zum Stehen kam. Es war ein nachtblauer, offener, amerikanischer Wagen, soviel konnten die am Tisch Sitzenden durch das offen stehende Fenster erkennen. Ohne dass sich einer von ihnen erhob, starrten sie auf die Tür und erwarteten den ungebetenen Besuch.

Die Tür wurde nach wenigen Sekunden aufgerissen, und herein stürzte ein älterer Mann, der nicht gerade besonders gut zu dem eleganten Wagen passen wollte. Josef Ambrunner saß der Tür genau gegenüber und betrachtete den Eintretenden verwundert, und auch Gitta machte erstaunte Augen. Peter jedoch war in die Höhe gefahren, als er sich nach dem Eingetretenen, der wie angewurzelt an der Tür verharrte, umgewandt hatte.

Peter war bleich bis in die Lippen geworden. Er war nicht fähig, ein Wort zu sagen, und auch der Fremde schien nicht zu wissen, wie er sich verhalten sollte.

Peter hatte kaum hörbar ein Wort gemurmelt, das die ganze Spannung, die in der Stube angestaut war, zur Endladung brachte.

„Webbs!" hatte er tonlos und so, als ob er selbst nicht an die Wahrheit dieses Wortes glaubte, vor sich hingesagt.

Der Alte hatte sich ebenfalls langsam erhoben und starrte den Fremden mit einem Blick an, der soviel Hass und Verachtung ausdrückte, dass der eingetretene Webbs für kurze Zeit zu Boden sehen musste. Gitta hatte kein Wort gesagt und schien zu einem leblosen Wesen erstarrt zu sein.

„Guten Tag!" Webbs hatte sich gefangen und sprach in gehetztem Tonfall, so dass man sich anstrengen musste, um alles genau zu verstehen. „Ich müsste mich entschuldigen, hier einfach eingedrungen zu sein, aber dazu ist keine Zeit. Ich sage nur eines: Helfen Sie mir, bitte, helfen Sie mir! Ihre Gesichter sind mit Recht total eisig - Sie wissen ja nicht, wie alles zusammenhängt. Ich werde es Ihnen gleich erklären, aber zunächst lassen Sie mich meinen Wagen in den Schuppen fahren, sonst finden sie mich sofort und dann ist alles aus. Zeigen Sie mir bitte Ihren Schuppen!"

Seine Worte waren so voller Angst und Verzweiflung, dass nach diesen letzten Worten keiner zunächst antworten wollte.

„Sie glauben doch nicht, dass ich Sie in meinem Haus vor der Polizei verstecke?" Die Stimme des Alten zitterte vor Empörung. „Bester Mann, Sie sind meine einzige Rettung! Nicht vor der Polizei, sondern vor rücksichtslosem Gangsterpack bin ich auf der Flucht. Die Polizei fürchte ich nicht, aber diese Hunde, die hinter mir her sind, ich sage Ihnen, die morden ohne mit der Wimper zu zucken. Helfen Sie mir! Das Auto muss weg. Ich erzähle Ihnen alles nachher."

„Sie flüchten nicht vor der Polizei?!" Der Alte sah ihn durchdringend an.

„Nein, um Gottes willen, nein! Aber, wir verlieren Zeit!" Der Alte wandte sich Peter Halden zu, der immer noch nicht die ganze Szene zu begreifen schien, genau so wenig wie Gitta. „Los Peter, bring den Wagen in den Schuppen! Hilf Deinem alten Freund!", Der Alte stieß Peter an, zwinkerte mit einem Auge und meinte: „Wir werden ja sehen!"

Gitta war zu aufgeregt, als dass sie daran dachte, den

Tisch abzuräumen.

„Sag' mal, hast Du für heute die Heinzelmännchen engagiert?" meinte der Alte lächelnd und wies auf den Kaffeetisch.

„Ich bin zu nervös Vater, aber ich verstehe Dich nicht. Jetzt ist dieses Scheusal hier und Du nimmst ihn auf und machst noch Witze."

„Ich mache keine Witze, mein Kind. Aber so ein ganz klein wenig freut es mich, dass mich meine Vorahnung nicht im Stich gelassen hat. Deck jetzt den Tisch ab, geh'!"

Gitta hatte gerade den Tisch abgeräumt, als die beiden wieder in die Stube traten. Der Alte bot Webbs mit einer Handbewegung einen Stuhl an und musterte sein seltsames Gegenüber. Webbs machte einen unordentlichen Eindruck. Er trug keinen Binder bei einem offenbar guten zweireihigem Anzug, der allerdings an den Ärmeln und den Hosenbeinen einige unschöne Teer- und Ölflecke aufwies.

Sein graues Haar fiel ihm ungeordnet in die Stirn. Schweißtropfen standen ihm noch in dem vor Aufregung gerötetem und leicht aufgedunsenen, faltigen Gesicht.

„Na, alles gut versteckt? Hat er die Angst ein wenig überwunden?" begann der Alte mit einem etwas ironischen Ton, aber er war offensichtlich in guter Stimmung.

„Ich danke Ihnen, Herr Ambrunner!" begann Webbs. „Sie haben mir einen großen Dienst erwiesen, den ich Ihnen sicher kaum werde gutmachen können. Verzeihen Sie, dass ich mich nicht vorgestellt habe, mein Name ist Webbs, Alois Webbs."

„Nicht so förmlich, wer Sie sind habe ich allmählich schon allein herausbekommen. Viel wichtiger ist, wenn Sie mir jetzt erklären, wieso Sie gerade von Gangstern gejagt werden, das würde mich sehr, ja, sogar überaus interessieren."

„Herr Ambrunner, ich weiß, ich bin Ihnen eine Erklärung schuldig. Dennoch, es ist schwer für mich, Ihnen alles jetzt zu erzählen, denn es ist eine lange und aufregende Geschichte. Sie wissen, dass in meinem Laden Franz Hartheim oder Gripps, wie er sich bei Ihnen nannte, ermordet wurde. Ich war damals nicht im Laden, ich hatte ihn nur für ein paar Stunden alleingelassen. Als ich zurückkam, hörte ich von der Geschichte und verschwand. Ich ahnte, dass Gefahr bestand. Fragen Sie nicht, weshalb ich verschwand. Ich hatte früher in der Zeit kurz nach dem Kriege mit einigen Gestalten Geschäfte gemacht, die mich an den Abgrund gebracht hatten und ich wusste, dass die Burschen wieder im Lande waren. Sie wollten mich vernichten, weil ich sie damals gepfiffen hatte. Ich wollte Gras über die Sache wachsen lassen und ging in eine kleine Hütte in den Bergen, die ich einmal gekauft hatte. Es ging auch alles gut, bis heute. Heute Morgen, als ich noch vor Sonnenaufgang aus dem Fenster sah, entdeckte ich zwei Wagen, die sich meinem Haus näherten und erkannte später, dass drei Männer zu meiner Hütte aufstiegen, es waren die Burschen von damals. Ich sah, wie einer der drei eine Pistole in der Hand hielt. Es sollte mir der Garaus gemacht werden. Warum? Das ist leicht zu erraten, ich weiß zu viel. Und Leute, die zu viel wissen, sind Freiwild, Herr Ambrunner, Freiwild ihr Leben lang."

Der Alte hatte aufmerksam zugehört, aber Peter unterbrach jetzt den Redefluss seines Kriegskameraden Webbs.

„Halt auf, Ali! Wenn Du anfängst zu jammern, erinnert mich das immer an verdammt lausige Zeiten. Mach mir bitte nichts vor. Du sagst, Du hast Gripps nicht umgebracht. Na, schön, nehmen wir das einmal an. Du wolltest fliehen, um unliebsamen Fragen der Polizei und der Rache Deiner früheren Komplizen aus dem Weg zu gehen. Auch das wollen wir einmal glauben. Aber jetzt, Webbs, jetzt ist es an der Zeit, die Polizei um Schutz zu bitten. Jetzt gibt es für Dich keinen Ausweg. Deine Gangsterfreunde haben Dich aufgespürt und werden Dich auch hier finden. Sollte das geschehen oder nicht, auf jeden Fall bringst Du uns alle hier in die unangenehmste Situation, die es überhaupt gibt. Ich werde die Polizei verständigen!"

„Nein, Peter!" Webbs war aufgesprungen und packte Peter an der Schulter. „Nein, tu das nicht. Ich habe nicht alles gesagt. In meinem Laden könnten sie außer dem Gripps noch einige Steine gefunden haben, die nicht dorthin gehören, verstehst Du. Das ist noch aus der Nachkriegszeit eine eiserne Reserve, die ich meinen Komplizen, diesen rabiaten Schuften, nicht ausgehändigt habe. Du darfst die Polizei nicht verständigen. Im Übrigen würden meine alten Freunde sofort eine Spur haben, wenn die Polizei hier erscheint. Dann gibt es trotz Polizeischutz keine Rettung für mich."

„Webbs, ich kann nicht anders handeln, sonst werd' ich

mitschuldig!"

„Du kannst nicht anders! So, Du kannst nicht anders! Aber, damals, als wir in Russland kämpften, da konntest Du anders, oder?"

„Sprich' nicht davon, Ali, hör mit den alten Geschichten auf!"

„Nein, ich höre nicht damit auf. Damals, weißt Du, da konntest Du auch nicht anders und hast es trotzdem getan. Da hast Du Dich überwunden und Dein aufrichtiges Herz gegenüber Deinem Freund nicht verschlossen, obwohl Du mitschuldig wurdest!"

„Damals war Krieg, das ist etwas ganz anderes. Höre jetzt auf, bedenke, dass wir eine Dame hier im Raum haben!"

„Ich respektiere jede Rücksichtnahme gegenüber einer Frau, dass weißt Du genau, Peter. Aber hier geht es nicht um Rücksicht und Anstand, hier geht es um ein Menschenleben, um mein Leben, Peter! Und dieses Leben werde ich mit aller Kraft verteidigen. So wie damals. Weißt Du noch, es war dunkel draußen und in unserer kleinen Bude brannte nur ein Hindenburglicht. Du warst Unteroffizier und ich Gefreiter. Aber, ich war Dein Freund. Der Hauptmann stellte Fragen, Du standst in einer Ecke und rauchtest eine Zigarette nach der anderen. Zwei Landser richteten ihre MPs auf mich. Dann sprach der Hauptmann das entscheidende Wort „Wegen Kameradendiebstahls an der Front und versuchter Fahnenflucht Tod durch Erschießen! Unteroffizier Halden", sagte er, „übernehmen Sie die Exekution!" Und Du stießt mir Deinen Gewehrlauf in den Rücken. Keiner sprach ein Wort. Dann standen wir draußen. Es war alles dun-

kel, dann und wann blitzte ein Stern durch den wolken-
verhangenen Himmel. Es dauerte Minuten. Schweiß
stand mir auf der Stirn, obgleich der Schnee unter den
Füßen vor Frost knirschte. Dann hobst Du das Gewehr
und die Salven zerrissen die Stille. Du hattest nach den
Sternen geschossen und flüstertest mir ein „Hau ab!" zu.
Das war für mich das größte Bekenntnis einer Freund-
schaft, Peter. Ich danke Dir noch heute dafür. Doch vergiss es heute nicht, Peter, denn dann wäre alles umsonst
gewesen."

Webbs hatte Tränen in den Augen, als er jetzt schwieg.
Seine Arme hingen schlapp herab.

„Ich kann keine Menschen leiden, die zittern und Angst
haben. Menschen ohne Mut sind mir ein Gräuel", brach
der Alte das Schweigen und schien damit anzudeuten,
dass er Webbs nicht helfen wollte.

„Herr Ambrunner", begann Webbs mit zerknirschter
Stimme, „ich bin weiß Gott kein Feigling. Der Webbs
und feige, nein, nein, das reimt sich nicht zusammen.
Nun, ich weiß, Sie kennen mich nicht und warum sollten
Sie schon einem Fremden helfen. Aber ich war eigentlich
zu dem da gekommen, der im Kriege mir die Freund-
schaft geschworen hat. Schade, ich hatte ihn für einen
ehrlichen und aufrichtigen Menschen gehalten."

„Lassen Sie Ihre unverschämte Bemerkung, Herr Webb!"
, mischte sich jetzt Gitta in die Unterhaltung. „Wer hier
ehrlich ist oder nicht, das will ich in Ihrem Interesse lieber nicht untersuchen!" Webbs antwortete nicht.

Alles schwieg bedrückt. Und auch Peter schien nicht so
recht zu wissen, wie die Situation gerettet werden könn-

te. Im Grunde tat ihm der zitternde Webbs leid, so wie damals in Russland.

„Geh' Gitta, mach dem Herrn das Zimmer von Gripps fertig!"

Der Alte hatte es so bestimmt und so plötzlich gesagt, dass alle drei ihn ungläubig anstarrten. „Geh schon!" bekräftigte er seine eben gesagten Worte und wandte sich dann Webbs zu. „Sie haben gehört, ich nehme Sie erst einmal für einige Tage auf. Allerdings weiß ich nicht, ob Sie sich hier wohler fühlen werden als bei der Polizei, Sie schlafen in Gripps Zimmer - er benötigt es ja seit einiger Zeit nicht mehr. Warum werden Sie blass, Webbs? Wollen Sie nicht hierbleiben? Doch, na dann ist alles wunderbar in Ordnung. Ich hätte Sie nämlich jetzt kaum mehr laufen lassen. Sie dürfen meinen Hof nicht verlassen. Haben Sie alles verstanden? Gitta? Du stehst ja immer noch hier! Egal, Webbs, ich zeige Ihnen jetzt erst einmal Ihr Zimmer - sie werden sich ja an den Sachen von Gripps sicher nicht stören!"

Gitta, die das alles für einen schlechten Scherz hielt, blieb mit Peter allein zurück.

„Ich verstehe das alles nicht, Peter! Ist mein Vater verrückt geworden?"

„Aber, Süßes, Du solltest Deinen Vater eigentlich besser kennen. Ich habe immer gewusst, dass sich hinter seiner rauen Schale ein butterweicher Kern verbirgt. Im Übrigen ist er jedoch klug genug, dem armen Webbs keine Illusion aufkommen zu lassen."

„Ja, das stimmt alles. Aber, Webbs ist doch ein Mörder und seine Komplizen, wenn die ihn hier finden, dann sind wir alle in Gefahr, Peter."

„Du hast Recht, ich mach mir deswegen schon die ganze Zeit die größten Vorwürfe. Ich habe diesen Kerl doch schließlich hierher gebracht. Ohne meine Dummheit, zu ihm hinzugehen, hätte er nie gewusst, dass ich hier wohne."

„Du machst Dir Vorwürfe. Soweit kommt es noch. Nein, Du hast keine Schuld, Peter. Rede Dir das ruhig wieder aus. Du wolltest uns helfen. Daher kam alles. Aber was geschehen ist, lässt sich auch nicht durch noch so viel Reden wieder gutmachen. Wir müssen eben jetzt aufpassen, das ist alles."

„Ja, das ist das einzige, Gitta. Wir müssen wachsam sein. Aber, habe keine Angst. Du bist doch gut geschützt, außer Deinem Vater hast Du schließlich ja noch mich. Wir beide werden schon aufpassen."

Gitta hörte ihren Vater und Webbs wieder herunterkommen, als Peter sie gerade in die Arme schließen wollte. Sie küsste ihn flüchtig und eilte nach oben, um das Fremdenzimmer herzurichten.

- Kapitel 16 -

„Diese widerliche Kröte! Der verdammte Schuft und Heuchler! Dieser elende Bettler und Spitzbube!" Von Rohdegg fluchte ohne Unterbrechung vor sich hin, während er seinen großen Wagen mit halsbrecherischer Geschwindigkeit über die Landstraße hetzen ließ. „Nun beruhige Dich schon, Bum", meinte Erik, der sich neben Frank auf dem Rücksitz des Wagens tief in die Polster gelehnt hatte. „Dein dummes Gequatsche bringt uns keinen Schritt weiter! Na, schön, wir haben Pech gehabt. Aber deswegen verzagen. Das wär' gerade das Richtige. Das könnten wir uns verdammt wenig leisten!" „Du hast gut reden, Erik", brummte der Dicke „Du kennst eben Webbs nicht, dieses gemeine Luder! Jetzt ist er uns entwischt und nur dank meiner ausgezeichneten Spürnase haben wir jedenfalls die Richtung seines Wagens verfolgen können."

„Ja, Du bist eben unübertrefflich, Bum", höhnte Frank, der direkt hinter dem fahrenden von Rohdegg saß. „Wenn wir Deine Spürnase nicht hätten, Du größter Gauner aller Zeiten, oh, Verzeihung, der gnädige Herr lieben ja derlei Späße nicht."

„Fang' Du nur auch noch an, Du grüner Junge, Du ..." weiter kam von Rohdegg nicht, denn die beiden Jüngeren lachten aus vollem Halse, als sie den Dicken vor sich derart toben sahen, dass er nur mit Mühe das Steuerrad ruhig halten konnte.

Von Rohdegg fluchte weiter still vor sich hin, aber nicht nur über Ali Webbs, sondern in gleicher Weise machte er seinem Ärger über seine beiden Komplizen Luft.

„Grünschnäbel! Lumpenpack! Wartet nur, Ihr Klugen und Überklugen! Wenn ich einmal aushole! Brei werdet Ihr sein! Dicker, schleimiger Brei, vor dem sich selbst das dreckigste Tier der Erde und der leibhaftige Teufel ekeln würden! Dummes Gezücht!"

So fluchte er leise vor sich hin, während sich die beiden anderen noch nicht über den Spaß beruhigt hatten.

„Na, sind wir nun bald da, Graf Spürnase?", unkte Frank, aber von Rohdegg ließ sich nicht mehr stören. Sein fettes Gesicht war starr auf die Fahrbahn gerichtet, und seine Lippen formten lautlos unzählige Schimpfworte, ohne dass er deren Sinn selbst noch ganz begriff.

Nachdem sie etwa noch eine halbe Stunde gefahren waren, lenkte er den Wagen langsam auf einen Feldweg und hielt an.

Als er sich zu den beiden hinter ihm Sitzenden umwandte, schien alle Wut aus seinem Gesicht verschwunden zu sein. Er war eben doch ein schlauer Hund, wie ihn Webbs einmal genannt hatte.

„So, Jungs. Wir sind jetzt gleich in Hirschen. Wir müssen nun genau überlegen, was zu tun ist. Unser erster Plan ist im Eimer, darüber brauchen wir nicht weiter zu reden. Aber, und das ist sehr wichtig, er ist nicht hundertprozentig gescheitert. Wir haben immerhin eine

Spur erhalten. Webbs war zwar vor uns aus seiner Almhütte oben am Wechsel verschwunden, aber er hatte den Fehler begangen, seinen Diener, den Franz, dazulassen.“ Als von Rohdegg den Namen des Dieners aussprach, bekreuzigte sich Erik, was den Dicken plötzlich wieder in rasenden Zorn versetzte. Er bezwang sich jedoch und kam über ein ärgerliches Schnaufen und einem „Grünschnabel“ nicht heraus.

„Also der Franz fiel uns in die Finger und begann dann auch ganz nach Wunsch ein bisschen zu ‚singen‘. Nach seiner Aussage und nach den Spuren von Webbs Auto ist es so gut wie sicher, dass Ali bei diesem komischen Ingenieur Zuflucht gesucht hat. Wir werden jetzt zu diesem Ambrunner fahren und die Lage peilen.“

„Lage peilen, ist gut, Dicker, bloß wie, das ist hier die Frage!“

„Also Frank, das bereitet kein Kopfzerbrechen. Wir spielen eben Polizei.“

„Und wenn die Polizei gerade da ist?“

„Gott, wie kompliziert, dann spielen wir eben erst recht Polizei. Spezialkommission der Interpol oder so etwas Ähnliches. Was meinst Du, wie der Gendarm sich vor uns verneigen wird. Ich sage Dir, Du kommst Dir vor wie ein König bei den Verrückten. Hab’ ich schon alles erlebt.“

„Na, schön! Wenn’s mulmig wird, verschwinden wir eben!“

Der Motor heulte auf, und von Rohdegg kurvte den Wagen elegant auf die Landstraße und brauste dann in Richtung Hirsching davon. Frank und Erik kannten das

Haus des Ambrunner noch von ihrem ersten Besuch in Hirsching.

Langsam rollte der Wagen auf den Hof. Es dämmerte bereits und der Abendbrottisch war schon abgedeckt. Gitta, die den ganzen Tag sehr nervös gewesen war, hatte nach dem Abendbrot das Haus verlassen und war noch nicht zurück.

Peter wartete unten, als er das Geräusch eines haltenden Wagens hörte.

Er sah aus dem Fenster und erkannte drei Männer, die langsam, das Haus deutlich musternd, auf die Tür zukamen. Auch der alte Ambrunner hatte das Auto gehört und stand jetzt neben Peter.

„Wer sind das?", brummte er, „Dieser Tropf da oben hat uns anscheinend etwas Schönes eingebrockt." Und er wies mit seiner Hand, die leicht zitterte, nach Webbs Zimmer hinauf, während seine Augen gespannt jede Bewegung der Ankommenden verfolgten. Die drei hatten die Haustür erreicht aber blieben noch einmal stehen. Sie sahen sich an, nickten einander zu und dann klopfte der Dicke, der ständig vorweg ging gegen die Tür, um sie im selben Augenblick selbst zu öffnen. Die drei traten rasch ein und sahen sich suchend in dem halbdunklen Raum um, ohne die beiden neben der Tür am Fenster Stehenden gleich zu bemerken. Die drei standen unbeweglich halb im Raum, die Hände tief in ihre Manteltaschen gegraben. In diesem Augenblick ärgerte sich Peter, dass er seine Pistole in seinem Zimmer liegengelassen hatte.

Von Rohdegg entdeckte die beiden zuerst und bevor er

noch etwas sagen konnte, waren auch Frank und Erik herumgefahren, wobei Erik instinktiv seine Pistole aus der Tasche gerissen hatte. Er ließ sie zwar gleich wieder verschwinden, jedoch Peter und der Alte hatten alles genau verfolgt.

„Guten Abend", begann von Rohdegg das Gespräch und ging mit ausgestreckter Hand auf den Alten zu. „Ich nehme an, dass Sie Herr Ambrunner sind."

Der Alte beachtete die dargebotene Hand gar nicht, so dass von Rohdegg etwas hilflos mit ausgestrecktem Arm vor ihm stand. „Herr Ambrunner, ich hätte einige Fragen an Sie zu richten." Von Rohdegg hatte diesen Satz in höchster Stimmlage und fast singend hervorgebracht, um auch ganz sicher zu gehen, dass die richtige Wirkung erzielt würde. Er kannte den Alten nicht.

„Wer sind Sie und was wollen Sie!", fuhr dieser den Dicken mit seiner durchdringenden Stimme an. „Ich habe Sie und Ihre Herrn nicht gerufen und brauche Sie demnach nicht. Ich will gleich ein wenig lesen und dann schlafen gehen. Darin lasse ich mich nicht stören, verstanden. Nun, raus mit der Sprache! Was wollen Sie und wer sind Sie!?"

„Herr Ambrunner ich bin von der Polizei!", versuchte der sichtlich von den Worten des Alten beeindruckte von Rohdegg möglichst selbstsicher hervorzubringen. „Und die beiden Herren, die ich mitgebracht habe, sind meine Begleiter."

Peter, der sich bisher ganz ruhig verhalten hatte, beobachtete die unbekannten Gäste aufmerksam. Ihm war nicht entgangen, dass die beiden Jüngeren bei dem Wort

„Begleiter" auffahren wollten aber sich dann doch mit Mühe beherrschten.

„Herr Ambrunner, wir haben wenig Zeit", begann von Rohdegg wieder „und ich möchte Sie daher bitten, mir gleich ein paar Fragen zu beantworten."

„Halt, halt, mein Herr, immer langsam!", mischte sich jetzt Peter mit einem leichten Lächeln ein. „Bevor Sie überhaupt nur eine Frage stellen, zeigen Sie uns bitte Ihren Ausweis."

Mit überlegenem Lächeln zog von Rohdegg einen Ausweis heraus und reichte ihm den etwas verdutzten Peter, während er mit vielsagendem Grinsen zum alten Ambrunner hin sagte: „Ja, ja, die Jugend, immer genau sein. Immer misstrauisch. Na, ist vielleicht auch angebracht."

Peter hatte den Pass gelesen, aber da er keinen richtigen Polizeiausweis kannte, konnte er natürlich nicht sagen, ob er echt oder gefälscht war.

„Herr Ambrunner, nun zur Sache!", begann daraufhin von Rohdegg die Verhandlung. „Es liegen uns Meldungen vor, wonach Sie den von der Polizei gesuchten Alois Webbs hier bei sich aufgenommen haben. Stimmt das?"

Bevor der Alte antworten konnte, hatte Peter eine Idee und fiel seinem zukünftigen Schwiegervater ins Wort.

„Mein sehr verehrter Herr. Sie fragen da etwas, wozu Sie nicht berechtigt sind. Ich verlange, dass Sie meine Aussage, die ich trotzdem jetzt machen werde, von Ihren Begleitern zu Protokoll nehmen lassen."

„Protokolle nehmen wir nicht auf, dazu müssen Sie morgen ins Polizeipräsidium kommen. Los jetzt, wo ist der Webbs!"

„Sachte, sachte, immer mit der Ruhe!", polterte jetzt der Alte, der auch erkannt hatte, dass diese drei keineswegs Polizeibeamte waren, sondern vielleicht diejenigen, die Webbs zu Tode hetzen wollten. „Sie sind sehr unvorsichtig, meine Herren, oben beim Webbs sitzen nämlich gerade die Kriminalbeamten. Ich werde eben den Inspektor holen."

Von Rohdegg lächelte. „Aber bitte gern …"

Weiter kam er nicht. Frank und Erik hatten die Nerven verloren. Mit einem Satz waren sie an der Tür und stürzten zum Wagen. Von Rohdegg, der eine Sekunde starr vor Entsetzen dagestanden hatte, sah die einzige Möglichkeit einer Rettung nunmehr ebenfalls in der Flucht. Er wusste, dass die beiden auch ohne ihn abfahren würden. Mit katzenhafter Geschmeidigkeit eilte der dicke von Rohdegg ebenfalls zur Tür. Jedoch im selben Augenblick sprang Peter dazwischen und versperrte dem Dicken den Ausgang.

Balduin von Rohdegg war jetzt wieder Bum Ramcke, der von allen Gefürchtete. Blitzschnell ließ er seine Hand in die Tasche gleiten und dann knallte die mit einem Schlagring bewaffnete Faust an das Kinn von Peter Halden, der daraufhin lautlos zusammenbrach. Der Motor heulte auf, und der Wagen verschwand um die Straßenecke, wobei er nur um ein Haar einen Zusammenstoß mit einem entgegenkommenden Motorrad vermeiden konnte.

Auf dem Motorrad saß Poldi, der Gendarm, und auf dem Soziussitz hockte Gitta, die von der rasenden Fahrt noch ganz benommen schien, als sie den Hof erreichten.

Der Alte kam ihnen aufgeregt gestikulierend entgegengelaufen. Poldi, der bekannt dafür war, dass er sehr umständlich zu Werke ging und gern eher ein Wort zu viel als zu wenig sagte, schien wie verwandelt. „Lass den Webbs nicht aus dem Haus!", rief er noch als er schon davonbrauste, um die Verfolgung des flüchtenden Wagens aufzunehmen.

Gitta war in die Küche geeilt und stürzte auf Peter zu, der sich langsam wieder erholte und nun versuchte, seine Kinnlade, die offenbar nicht gebrochen war, langsam zu bewegen.

Webbs war ebenfalls heruntergekommen, nachdem er gehört hatte, dass die Gangster und Poldi das Haus verlassen hatten. Er war noch nass von Schweiß. Seine Hände zitterten, als er in die Stube trat und dem alten Ambrunner die Hand reichte.

„Ich danke Ihnen, Herr Ambrunner", begann er mit leiser Stimme. „Ich danke Ihnen allen, auch Dir, Peter. Aber es ist zwecklos. Die sind schlimmer als die Hyänen. Sie wollen Blut, und sie sollen ihr Blut haben. Nur es soll nicht Euer Blut sein. Daher bin ich hier. Ich will Ihnen Adé sagen. Bevor sie mich kriegen, werde ich Ihnen das Leben sauer machen. Herr Ambrunner, ich werde die Schufte zur Strecke bringen. Lassen Sie mich gehen. Wenn ich sie erledigt habe, stelle ich mich der Polizei. Wenn nicht, dann muss ich mich dem Herrgott stellen. Beides ist gut, jedenfalls besser als dies hier."

„Ich kann Sie nicht laufen lassen, Webbs!", erklärte der Alte, wenn er auch vielleicht im Innern anders dachte, aber Poldi hatte gesagt, er dürfte das Haus nicht verlassen. „Sie müssen hierbleiben. Tut mir leid."

Damit verließ der Alte das Zimmer.

Nach zwei Stunden war es still im Ambrunner-Haus. Alles schlief. Um ein Uhr in der Nacht heulte ein Motor auf, und aus dem Schuppen des Ambrunner-Hofes glitt ein großer etwas staubiger nachtblauer Wagen.

Am nächsten Tag wurde, etwa acht Kilometer von Hirschen entfernt, ein großer ausgebrannter Wagen gefunden, der gegen eine Felsmauer gerast und völlig zertrümmert war. Am Steuer hockte eine verkohlte Leiche.

- *Kapitel 17* -

Die Uhr zeigte auf fünfzehn Minuten nach zehn.

Der Sekundenzeiger huschte unaufhörlich und lautlos über die Scheibe.

Von Rohdegg hatte seinen dunklen Anzug angezogen und saß zusammengesunken in seinem Sessel. Ihm gegenüber hockten Frank und Erik. Und die Uhr zeigte zwanzig nach zehn.

„Ich halte diesen Quatsch hier nicht mehr aus!", brüllte Erik plötzlich und lief aufgeregt im Zimmer auf und ab.

„Nun sitzen wir hier in Deiner Stadtwohnung und warten auf irgend so einen chinesischen Knallkopf!"

„Ich finde auch", stimmte Frank zu, „dass unser guter Herr von Rohdegg ein bisschen sehr die Nerven verloren hat."

Von Rohdegg sah starr vor sich auf den Teppich und schien diese Worte gar nicht gehört zu haben.

„Es ist aus", murmelte er seit einiger Zeit. „Alles war umsonst. Ja, Ihr habt Recht, es ist verdammt blamabel für uns, hier auf so einen schmächtigen Chinesen zu warten. Auf seinen Tod zu warten, ohne zu versuchen, einen Ausweg zu finden, ist immer nicht sehr heldenhaft. Aber es gibt eben für uns keinen Ausweg mehr. Um halb elf wird er da sein. Es geht alles ruhig zu, das ist das einzige, was ich weiß. Es gibt keine andere Wahl. Webbs ist tot. Was blieb uns übrig."

„Rede nicht so einen Quatsch zusammen!", fauchte ihn Erik an.

„Es gibt immer eine Möglichkeit. Überall ist noch eine Chance. Solange sich nicht das Messer in Dein fettes und feiges Herz gebohrt hat, lebst Du noch. Und leben heißt, eine Chance haben. Was kann der kleine Chinese schon ausrichten. Du verhandelst mit ihm, wir sitzen an der Seite und wenn er frech wird, brennen wir ihm seinen Rock ein bisschen an. Ist doch die einfachste Sache der Welt."

„Ja, ja, die einfachste Sache der Welt", flüsterte der Dicke, dessen schwammige Gestalt immer weiter in sich zusammenzufließen schien.

Und die Uhr zeigte zwei Minuten vor halb.

Keiner sagte mehr ein Wort.

Frank und Erik spielten mit ihren Pistolen.

Von Rohdegg starrte auf den Teppich vor seinen Füßen, ohne jedoch etwas zu sehen. Nur seine Ohren waren angespannt bis zum Zerreißen.

Dann schlug die Uhr. Es war halb elf.

Kein Schritt war auf dem Kiesweg zu hören, und Erik wollte gerade über den ganzen Zauber seine Witze machen, als es an der Haustür klingelte.

Von Rohdegg erhob sich mechanisch und stakste auf die Tür zu, als ob er unter Hypnose stände. Mit fahrigen Bewegungen schob er den Riegel zurück.

Chang erschien.

Frank und Erik, die neben der Tür, dem Schreibtisch gegenüber saßen, waren enttäuscht. Sie hatten einen richtigen Chinesen in einer langen Seidenrobe erwartet. Stattdessen trat ein kleiner, schmächtiger Mann mit dicken Brillengläsern und eher europäischer Kleidung in den Raum. Ebenfalls unauffällig gekleidet waren die beiden Begleiter, die er mitbrachte.

Von Rohdegg setzte sich hinter seinen Schreibtisch, während Chang in einem Sessel Platz nahm. Die beiden anderen Gäste blieben an der Tür stehen.

Keiner sprach ein Wort. Von Rohdegg wischte sich mit einem weißen seidenen Taschentuch seine feuchtglänzende Stirn.

„Ich freue mich, Dich wieder einmal zu sehen, Chang." Von Rohdegg Stimme zitterte, und es kostete ihn große Mühe, diese Worte hervorzubringen.

„Das Vergnügen des Wiedersehens liegt ganz auf meiner Seite", erwiderte Chang, und seine hohe, aber dennoch feste unbeirrbare Stimme hing noch lange im Raum. Erst nach einigen Minuten des Schweigens sprach er weiter.

„Ich sehe, Du bist nicht allein. Aber ich weiß, dass der eine Frank und der andere Erik ist, deine neuen Freunde, nicht wahr? Ich finde sie sehr nett."

Er verbeugte sich leicht in die Richtung, in der die beiden jungen Komplizen saßen.

Er lächelte, aber dann schien er beide vergessen zu haben.

„Früher hast Du mir immer eine Tasse Tee angeboten, wenn ich kam, heute sehe ich, dass der Teetisch leer steht. Aber Du hast Glück, denn ich habe gerade heute auch nicht den geringsten Appetit auf eine Tasse Tee.

Nein, nein, bleib ruhig sitzen, bemühe Dich nicht. Wie geht es Dir? Ich hoffe, dass ich Dir bei bestem Wohlbefinden die Grüße meines und schließlich auch Deines Meisters ausrichten kann."

„Danke, es geht mir ausgezeichnet. Entschuldige, ich habe tatsächlich zum ersten Mal den Tee vergessen."

Von Rohdegg löste nervös den obersten Kragenknopf, Schweißperlen standen auf seiner Stirn. Frank grinste unverschämt und Erik spielte mit seiner Pistole in der Rocktasche.

Von Rohdegg beobachtete nervös die beiden Begleiter von Chang. Er kannte sie nicht. Bisher war Chang stets allein zu ihm gekommen. Die Begleiter hatten ihre Hände in den Hosentaschen. „Gestatte mir eine Frage, verehrter Chang. Wer sind Deine Begleiter?" Chang lächelte und schien im Übrigen die Frage nicht gehört zu haben – und von Rohdegg tat so, als ob er sie nie gestellt hätte. „Ich hoffe, dass auch Du bei bester Gesundheit bist, Chang."

„Ich danke für die Nachfrage und bin glücklich, Dir sagen zu können, dass ich mich noch selten so wohl gefühlt habe, wie in diesem Augenblick."

Frank und Erik, die das Gespräch von ihrem Platz aus mit Spannung verfolgten, schienen immer mehr ihre Fassung zu verlieren, je belangloser die Themen wurden. „Wann hält nun eigentlich dieser ganze Quatsch endlich auf!", fluchte Frank halblaut vor sich hin. Chang hatte es verstanden.

„Junger Freund, Ungeduld ist eine der größten Schwächen der Menschheit. Was soll aufhören?"

„Was geht es Sie an, Sie geheimnisvoller Dunkelmann, Sie Nachtschattengewächs, Sie Molch, Sie Lurch!" Frank schien nicht bei Sinnen zu sein.

Von Rohdegg schien einem Schlaganfall nahe. So etwas war noch nie passiert. Man hatte Chang angeschrien und ihn mit den übelsten Schimpfworten überschüttet. Von Rohdegg war bleich, und seine fleischigen Hände umklammerten krampfhaft die Schreibtischkante. Auch Erik saß mit vor Entsetzen geweiteten Augen da und schien ganz dunkel zu begreifen, dass etwas Ungeheuerliches geschehen war.

Aber Chang lächelte und wandte sich wieder dem schwitzenden von Rohdegg zu.

„Man wird ungeduldig heute in der Jugend. Ja, vielleicht mit Recht. Sollen wir schneller vorgehen?" Chang hatte bei seiner Frage den Kopf etwas vorgebogen und lächelte noch ein wenig grausamer und kälter als sonst.

„Ich weiß nicht", keuchte der Dicke „warum sollen wir uns von der Jugend das Tempo vorschreiben lassen?"

„Ja, ja, es war nur eine Frage. Ich habe vergessen, dass Du ein Mann, ich wiederhole, ein Mann bist, der sich nichts vorschreiben und vormachen lässt, der selbst weiß, wie er eine Sache zu Ende führt."

„Ich glaube, das habe ich bewiesen."

„Gewiss."

Und Chang lächelte. Auch seine beiden Begleiter verzogen ihre Gesichter ganz langsam zu einem breiten, gemeinen Lächeln.

„Ich werde Dir jetzt die Sendung zeigen, Chang. Ich hole sie eben aus dem Safe." Von Rohdegg hatte sich erhoben und stützte sich schwer auf die Schreibtischplatte.

„Ich sehe, mein Freund, dass Du dennoch die Lehren der Jugend angenommen hast. Du möchtest die Sache schnell beenden. Bitte, ich bin gespannt auf die Sendung."

Chang lächelte und von Rohdegg verließ das Zimmer. Frank zupfte nervös an seinem Kragen, und Erik pfiff einen Marsch leise vor sich hin.

„Kannst Du nicht mit dem dummen Gepfeife aufhören!", fuhr ihn Frank an.

Chang lächelte.

Nach kurzer Zeit, die allerdings wie Stunden wirkte, erschien von Rohdegg. In der Hand hielt er den Samtkarton mit der ganzen Sendung, die er Chang anbieten konnte.

Chang erhob sich langsam und schritt lautlos auf den Schreibtisch zu. Er öffnete den Karton und 67 Steine funkelten ihm entgegen. Behutsam nahm er einen der Steine heraus und schritt mit ihm zum Sessel zurück. Er betrachtete ihn von allen Seiten genau und mit einem Lächeln erhob er sich, um feierlich zu sagen: „Herrlich, Tschu wird sich freuen." Dann legte er den Stein wieder in den Karton und nahm den nächsten heraus. Wieder ging er mit ihm zum Sessel und wieder meinte er: „Herrlich, Tschu wird sich freuen!" So ging es weiter. Stein für Stein wurde dieser Prozedur unterzogen. Immer wieder „Herrlich, Tschu wird sich freuen!". Siebenundsechzigmal wiederholte sich das nervenzermürbende Schauspiel.

Frank und Erik waren mehr als einmal drauf und ran,

aufzuspringen und irgendetwas zu tun, um dem Spuk ein Ende zu bereiten. Was und wie sie das anstellen wollten, schien ihnen ganz gleich. Nur heraus aus diesem Irrenhaus! Aber dann sahen sie die lächelnden Gesichter der beiden Begleiter, die immer noch an der gleichen Stelle standen, und ihr Mut schwand mehr und mehr dahin.

Von Rohdegg hing zusammengesunken in seinem Sessel. Die Arme baumelten dick und kraftlos herab. Sein sonst feistes und rundes Gesicht schien in die Länge gezogen und von tiefster Resignation gezeichnet, dass man beinahe Mitleid mit dieser wehrlosen Fleischmasse haben konnte. Seine Augen verfolgten halb interessiert, halb abwesend das Spiel des Chinesen. Sie hatten nicht mehr das gefährliche Leuchten wie früher, sondern sie blickten so hoffnungslos wie etwa die Augen eines Tieres, das im Schlachthof zusammen mit hundert anderen Tieren steht und jetzt beobachtet, wie die Treiber und Schlachter ein Tier nach dem anderen zum Schlachthaus hineintreiben.

Es dauerte eine Stunde, bis Chang den letzten Stein in den mit dunkelblauem Samt ausgeschlagenen Karton zurücklegte. Von Rohdegg, Frank und Erik hatten zwar bemerkt, dass das Schauspiel nun zwangsläufig beendet sei, aber ihre Teilnahmslosigkeit war so stark, dass es noch einige Minuten dauerte, bis sie endlich die Gefahr erfassten, die jetzt auf sie zukommen musste.

Chang wartete und lächelte, bevor er mit unverändert freundlicher, aber nachdringlicher Stimme das Gespräch mit von Rohdegg begann.

„Herrlich, Tschu wird sich freuen! Gewiss, das wird er. Es

sind wundervolle Steine, einer wird er andere, und auch ich darf mich freuen, dass es mir möglich ist, meinem Herrn die Steine zur rechten Zeit zu überbringen. Gerade diese Steine besitzen für Tschu einen unermesslichen Wert. Ich weiß nicht, ob Du als Europäer das verstehst. Alle diese Steine stammen ursprünglich aus einem alten Tempel, der im Geburtsort von Tschu stand. Dieser Tempel wurde jedoch vor mehreren Menschenaltern von europäischen Eindringlingen geplündert. Alles, was irgendeinen Wert für sie zu haben schien, nahmen sie mit. Gold, Edelsteine den heiligen Schrein, der im Osten des Tempels stand. Jeden Morgen wurde der Schrein geöffnet und bei Anbruch des Tages knieten alle Gläubigen vor ihm nieder und die ersten Strahlen der aufgehenden Sonne fielen auf den funkelnden Stein und tauchten den Tempel und die betenden Menschen in ein geheimnisvollen grünes Licht. Dieser Schrein und mit ihm der grüne Stein fielen den Plünderern in die Hände, und sie verschleppten ihn in unbekannte Länder. Nur die alten Geschichten der Einwohner und die Gebete der Priester erzählen noch von diesem Tag. Und so geriet er niemals in Vergessenheit. Eines Tages gelobte Tschu seinem Priester, die Steine und den gesamten Schatz zurückzubringen. Seitdem beten in jenem Tempel Tag und Nacht Menschen für das Gelingen dieses Planes. Es war eine schwierige Aufgabe, denn die Steine waren in alle Winde zerstreut. Doch Teil für Teil spürte Tschu auf und bracht ihn an seinen alten Platz zurück. Bis er eines Tages auf den Schrein stieß, der den „Grünen Morgen" und 67 andere Edelsteine beherbergt hatte. Aber die Steine fehlten.

Du weißt jetzt, was für eine große Gnade Dir zuteil wurde, als Tschu Dich mit dem Auftrag beehrte, ihm jene Steine zu bringen. Er führte Dich auf den Weg und du brauchtest nichts weiter zu tun, als diesen Weg zu gehen. Ich habe die 67 Steine untersucht. Sie sind unbeschädigt, und ich danke Dir im Namen meines Herrn dafür."

Mit weit aufgerissenen Augen hatten Frank und Erik die Rede des Chinesen verfolgt und sie glaubten, dass er vielleicht mit dieser Sendung zufrieden sein würde. Aber dann blickten sie auf den dicken von Rohdegg. Er sah grau und verfallen aus. Ein jämmerliches Bild menschlicher Schwäche.

„Ich möchte Dich jetzt bitten, mir den Schrein und den ‚Grünen Morgen' zu zeigen", brach Chang das kurze Schweigen, und seine helle Stimme schien um einen Grad schärfer und schneidender als bisher.

Von Rohdegg erhob sich schwerfällig und wankte zur Tür. Chang und seine Begleiter lächelten unmerklich.

Frank und Erik fühlten beide Mitleid mit ihrem Komplizen, dem dicken Bum Ramcke, der all' seine Elastizität und Frische verloren hatte. Sie hassten den Chinesen. Ihre Fäuste umklammerten die Pistolen.

Von Rohdegg trat wieder in den Raum. Er schien verwandelt zu sein. Er ging aufrecht. Seine Augen blitzten den Chinesen trotzig an. Frank und Erik starrten erstaunt auf von Rohdegg, aber sie erkannten, dass dort nicht ein Mann voller Energie stand, der bereit war zu kämpfen, sondern ein Mensch, der abgeschlossen hatte und sich in sein Schicksal ergeben hatte.

Jetzt stand von Rohdegg hinter dem Schreibtisch und

hielt in feierlicher, fast lächerlicher Weise den Schrein weit von sich gestreckt in seinen dicken Fingern.

Chang lächelte und trat einen Schritt näher.

„Öffne den Schrein!", befahl er.

Erik, der dieses grausame Schauspiel nervös verfolgt hatte und der wusste, dass in dem Schrein kein Stein zu finden war, verlor in diesem Augenblick die Nerven.

Mit einem Wutschrei sprang er von seinem Stuhl auf und stürzte sich mit geballten Fäusten auf den schmächtigen und ewig lächelnden Chinesen.

Noch hatte Erik jedoch keinen Schritt auf Chang zu getan, als ein helles zwitscherndes Summen den Raum erfüllte. Eriks Körper verhielt ruckartig im Sprung, spannte sich unnatürlich und brach dann mit einem leisen Röcheln zusammen.

Von Rohdegg hatte, als er das Summen hörte, den Kopf tief eingezogen und still vor sich hin gebetet, vielleicht das erste Mal in seinem Leben. Frank saß wie versteinert da und starrte entsetzt auf seinen Freund. Keinen Schritt weit von ihm lag er und in seinen Hals kerbte sich tief eine dünne rote Metallschnur ein. Einer der Begleiter hatte die Schlinge geworfen und hielt auch jetzt noch das andere Ende in der Hand.

Chang lächelte sein grausamstes Lächeln.

„Öffne den Schrein!", wiederholte er nach kurzer Pause, in der er sich keine Sekunde nach dem am Boden Liegenden umgesehen hatte. Frank hatte seinen Kopf eingezogen und beobachtete die beiden Begleiter genau. Sobald Erik, der immer noch auf dem Boden lag, eine Bewegung machte, um die Schlinge ein wenig zu lösen, zog der Begleiter fester an und lächelte einen Grad hässlicher. Von Rohdegg hatte den Schrein geöffnet und hielt ihn immer noch fest in der Hand.

„Der Schrein ist leer." Ganz langsam hatte Chang diese Worte gesprochen und sie trafen von Rohdegg wie Peitschenhiebe.

„Schade, mein Herr wird sich ärgern!", begann Chang wieder zu sprechen. „Es ist ein schöner Schrein. Ein sehr schöner Schrein, jedoch fehlt ihm das Herz, er ist tot. Was nützt schon die schönste Hülle, wenn das Herz nicht schlägt, wenn gar kein Herz da ist? Was nützt das schon?"

Die singende Stimme brachte Frank zur Raserei.

Mit einem Satz sprang er auf den am Boden liegenden Erik. Er hatte seinen Kopf eingezogen.

Ein Summen ertönte und es zischte etwas an seinem Kopf vorbei. „Spring auf ihn zu!", rief er Erik zu und schnellte dann auf den zweiten Begleiter los, während sich Erik auf den anderen stürzte und ihm somit die Möglichkeit nahm, die Schlinge zuzuziehen. Zwei Schüsse peitschten und die beiden Chinesen brachen lautlos zusammen. Frank war schon immer ein guter Schütze gewesen. Jetzt lächelte er, während Erik sich mit schmerzverzerrtem Gesicht die Würgestellen an seinem Hals rieb.

Alles war so schnell gegangen, dass Chang und von Rohdegg vor Entsetzen gelähmt schienen. Noch immer standen sie sich regungslos gegenüber.

Chang lächelte nicht mehr.

„So, Du dreckiges Chinesenschwein, nun grinse schon! Ich sage, Du sollst grinsen!", brüllte ihn Frank an.

Eriks Pistole richtete sich auf den Chinesen und auch von Rohdegg hielt plötzlich eine kleine automatische Pistole in den Händen.

Chang stand unbeweglich, seine eine Hand in der Rocktasche, seine andere noch immer auf der Schreibtischkante.

„Dein Herr wird sich freuen!", höhnte Frank. „Du hast ganze Arbeit geleistet. Merke Dir eins, mein Junge", und er tippte dem kleinen Chinesen von hinten so stark auf die Schultern, dass sich dieser ängstlich zusammenkauerte, „mit diesen Späßen, mit Schlingen und dummen Redensarten kannst Du die Jugend nicht bluffen. Bestell' das Deinem Herrn und Meister. Eure Gläubigen werden noch einige Wochen länger beten müssen, verstanden! Du bleibst so lange bei uns. In einem Monat liefern wir Dir den Stein aus!"

Chang lächelte.

„Welchen Stein, junger Freund?"

„Fang' nur wieder an zu quatschen, lächerlicher Zwerg. Den ‚Grünen Morgen' natürlich!"

„Den wollt' Ihr in vier Wochen beschaffen?"

„Wenn ich das sage, dann stimmt das! Ich weiß wo er ist und verhandele noch heute deswegen. Warte also! Erik nimm unseren Gast doch ein bisschen in Deine Obhut!"

Frank war sich seines Sieges und Triumphes sicher, und auch von Rohdegg schien aus seiner Teilnahmslosigkeit erwacht zu sein.

Chang lächelte, er hob eine Hand, gleichsam als ob er sich für seine Rede Ruhe ausbäte.

„Ihr wollt den ‚Grünen Morgen' beschaffen? Sehr schön,

doch unmöglich. Mein Herr verlangt keine unmöglichen Dinge. Er will demnach auch nicht, dass Ihr den Stein besorgt!"

„Was soll das heißen?", flüsterte von Rohdegg kaum hörbar.

„Das heißt, dass der Stein bereits in meinem Besitz ist!" Von Rohdegg starrte auf die Hand des Chinesen, die jetzt aus einer kleinen Ringschachtel den Stein hervorholte. Frank und Erik verfolgten gebannt jede Bewegung. Drei Augenpaare hielt der Stein des Tempels in seinem Bann. In diesem Augenblick hörte Chang, dessen Sinne aufs äußerste angespannt waren, wie mehrere Wagen leise vorfuhren und hielten. Autotüren wurden geöffnet. Er wusste nicht, was es bedeutete, er fühlte nur, dass etwas Gefährliches und Unklares auf ihn zukam. Dann sah er die immer noch gebannt auf den Stein starrenden Gesichter der drei und wusste, dass er den Auftrag des Herrn jetzt erfüllen müsste. Er durfte nicht zögern.

Langsam richtete er seine Pistole in der Jackentasche auf die Gestalt des dicken von Rohdegg.

Chang lächelte. Dann fielen zwei Schüsse.

Ein Schuss zertrümmerte den kostbaren Schrein, den von Rohdegg immer noch in der Hand hielt, und drang ihm dann in den rechten Oberarm, der zweite Schuss traf ihn ins Herz. Schwer fiel der Körper auf die blankpolierte Tischplatte. Eine Hülle ohne Herz.

Frank, der die Situation zuerst erkannte und der dem Chinesen am nächsten stand, feuerte seine Pistole ab, gerade in dem Augenblick, als Chang sich durch einen Sprung zum Fenster retten wollte. Der kleine schmächtige Körper brach zusammen. Seine Augen starrten entsetzt an die Decke und sein Mund war auch jetzt noch zu einem Grinsen verzogen.

Aus seiner Hand rollte der Stein des Tempels. Seine grünen Strahlen huschten über die am Boden Liegenden hinweg.

Frank und Erik begriffen noch nicht, was alles geschehen war und hatten demnach auch nicht die Schritte gehört, die auf das Haus zukamen.

Plötzlich schreckten sie zusammen. Ein lautes Klopfen war an der Tür zu hören.

Entsetzt sahen sie sich an. Die Toten verliehen dem sonst so gemütlichen Raum ein grauenhaftes Aussehen.

„Wir müssen fort!", flüsterte Erik.

Aber es war zu spät.

Ein Schuss krachte, und die Tür flog auf.

Mehrere Herren stürmten ins Zimmer. „Kriminalpolizei! Waffen weg!"

Resigniert fielen zwei Pistolen auf den Boden.

Inspektor Fehling untersuchte mit den anderen Beamten genau das Zimmer und die Toten.

Tag für Tag hatte er das Haus bewachen lassen. Heute hatte er nun zum großen Schlag ausgeholt, aber die Toten zu seinen Füßen ließen keine rechte Freude über seinen Triumph aufkommen. Mit einem Achselzucken verschloss er den geheimnisvollen Stein in einer Kassette.

Der dicke von Rohdegg hielt noch immer ein Bruchstück des kostbaren zertrümmerten Schreins in der verkrampften Hand. Inspektor Fehling entzifferte darauf einen Teil der Inschrift: „… verdorrt im grünen Licht!"